共和国故事

竞争战略
——全国掀起创新高潮

陈栎宇 编写

吉林出版集团股份有限公司

图书在版编目（CIP）数据

竞争战略：全国掀起创新高潮/陈栎宇编. —

长春：吉林出版集团股份有限公司，2009.12

（共和国故事）

ISBN 978-7-5463-1839-4

Ⅰ．①竞… Ⅱ．①陈… Ⅲ．①纪实文学 – 中国 – 当代 Ⅳ．①I25

中国版本图书馆 CIP 数据核字（2009）第 236705 号

竞争战略——全国掀起创新高潮

JINGZHENG ZHANLÜE　　QUANGUO XIANQI CHUANGXIN GAOCHAO

编写　陈栎宇

责任编辑　祖航　李娇　关锡汉

出版发行　吉林出版集团股份有限公司

印刷　三河市嵩川印刷有限公司

版次　2010 年 1 月第 1 版　　2022 年 1 月第 8 次印刷

开本　710mm×1000mm　1/16　　印张　8　字数　69 千

书号　ISBN 978-7-5463-1839-4　　定价　29.80 元

社址　吉林省长春市福祉大路 5788 号

电话　0431 – 81629968

电子邮箱　tuzi8818@126.com

前　言

　　自 1949 年 10 月 1 日中华人民共和国成立至今,新中国已走过了 60 年的风雨历程。历史是一面镜子,我们可以从多视角、多侧面对其进行解读。然而有一点是可以肯定的,那就是,半个多世纪以来,在中国共产党的领导下,中国的政治、经济、军事、外交、文化、教育、科技、社会、民生等领域,都发生了深刻的变化,中国人民站起来了,中华民族已屹立于世界民族之林。

　　60 年是短暂的,但这 60 年带给中国的却是极不平凡的。60 年的神州大地经历了沧桑巨变。从开国大典到 60 年国庆盛典,从经济战线上的三大战役到经济总量居世界第三位,从对农业、手工业、资本主义工商业的三大改造到社会主义市场经济体制的基本确立,从宜将剩勇追穷寇到建立了强大的国防军,从废除一切不平等条约到独立自主的和平外交政策,从"双百"方针到体制改革后的文化事业欣欣向荣,从扫除文盲到实施科教兴国战略建设新型国家,从翻身解放到实现小康社会,凡此种种,中国人民在每个领域无不留下发展的足迹,写就不朽的诗篇。

　　60 年的时间在历史的长河中可谓沧海一粟。其间究竟发生了些什么,怎样发生的,过程怎样,结果如何,却非人人都清楚知道的。对此,亲身经历者或叫鲜活如昨,但对后来者来说却可能只是一个概念,对某段历史的记忆影像或不存在,或是模糊的。基于此,为了让年轻人,特别是青少年永远铭记共和国这段不朽的历史,我们推出了这套《共和国故事》。

《共和国故事》虽为故事,但却与戏说无关,我们不过是想借助通俗、富于感染力的文字记录这段历史。在丛书的谋篇布局上,我们尽量选取各个时代具有代表性或深具普遍意义的若干事件加以叙述,使其能反映共和国发展的全景和脉络。为了使题目的设置不至于因大而空,我们着眼于每一重大历史事件的缘起、过程、结局、时间、地点、人物等,抓住点滴和些许小事,力求通透。

历史是复杂的,事态的发展因素也是多方面的。由于叙述者的视角、文化构成不同,对事件的认知或有不足,但这不会影响我们对整个历史事件的判断和思考,至于它能否清晰地表达出我们编辑这套书的本意,那只能交给读者去评判了。

这套丛书可谓是一部书写红色记忆的读物,它对于了解共和国的历史、中国共产党的英明领导和中国人民的伟大实践都是不可或缺的。同时,这套丛书又是一套普及性读物,既针对重点阅读人群,也适宜在全民中推广。相信它必将在我国开展的全民阅读活动中发挥大的作用,成为装备中小学图书馆、农家书屋、社区书屋、机关及企事业单位职工图书室、连队图书室等的重点选择对象。

编　者
2010 年 1 月

一、决策倡导

二、贯彻执行

一、 决策倡导

- 1995 年 5 月 26 日至 30 日，党中央、国务院在北京召开全国科学技术大会。

- 2000 年 1 月 11 至 13 日，教育部在北京召开全国高校技术创新大会。

- 2006 年 2 月 16 日上午，由中宣部、科技部共同组织的自主创新报告团首场报告会，在人民大会堂隆重举行。

中央召开全国科技大会

1995 年 5 月 26 日至 30 日，中共中央、国务院在北京召开全国科学技术大会。

出席这次大会的有中共中央、国务院、全国政协、中央军委，以及各民主党派和全国工商联的领导，有党、政、军、群各部门和各省、自治区、直辖市的负责人，有科学家和科技界的代表。

党和国家领导人江泽民、李鹏、乔石、李瑞环、朱镕基、刘华清、胡锦涛、荣毅仁等参加开幕式。

在 26 日上午的开幕式上，江泽民作了重要讲话。

江泽民提出了这次大会的目的和任务，他说：

为了动员全党、全国各族人民，全面落实邓小平科学技术是第一生产力的思想，认真贯彻中共中央、国务院《关于加速科学技术进步的决定》的精神，在全国形成科教兴国战略的热潮，进一步解放和发展科技生产力，积极促进经济建设转入依靠科技进步和提高劳动者素质的轨道。

江泽民在讲话中指出：

实施科教兴国的战略，关键是人才。大大提高我国劳动者中科技人才的比例，提高劳动者队伍的整体素质，对于我国社会主义现代化建设事业具有重大意义。加速培养优秀科技人才是一项十分紧迫的战略任务。

　　要认真实施《中国教育改革和发展纲要》，大力发展教育事业，根据科技发展的趋势和我国现代化建设的要求，深化教育体制改革，培养、造就千百万年轻一代科学技术人才，建设一支跨世纪的宏大科技队伍。

在讲话中，江泽民代表中共中央、国务院，向全党和全国人民发出号召：

　　党中央、国务院号召全党和全国人民，全面落实邓小平同志科技是第一生产力的思想，投身于实施科教兴国战略的伟大事业，加速全社会的科技进步，为胜利实现我国现代化建设的第二步和第三步战略目标而努力奋斗。

江泽民还强调，党的领导是实施科教兴国战略的政治保证。抓好科技进步的关键在于各级党委和政府。他要求各级党委和政府要认真贯彻中共中央、国务院《关

●决策倡导

于加速科学技术进步的决定》，结合各地、各部门的实际，把抓科技进步作为重大任务，摆到重要的议事日程上，制定切实可行的措施。在制定和实施国民经济和社会发展计划及相关政策中，真正把实施科教兴国战略落到实处。

李鹏作了题为《加速科技进步，实现国家富强》的重要讲话，分析了当前科技工作的形势，并指出了科技工作的任务。

27日上午，中共中央政治局常委、国务院副总理朱镕基向参加全国科技大会的代表作了关于国内经济形势的报告。

朱镕基说，发展社会主义市场经济，实现我国现代化建设分三步走的战略目标，必须坚持和贯彻邓小平同志建设中国特色社会主义的理论，执行好中共中央、国务院《关于加速科学技术进步的决定》。

在全国科学技术大会期间，代表们怀着极大的热情，围绕着会议主题进行了热烈的讨论和交流。各省、市、自治区领导人和11位部委和有关单位领导干部，以及参会的科学家和企业家代表在大会上发了言。

30日，全国科学技术大会闭幕。

中共中央政治局委员、国务院副总理李岚清在闭幕式上发表讲话。

李岚清指出，各地区、各部门要根据"决定"和中央领导在全国科技大会上的讲话精神，根据各地、各部门的实际，制定和完善本地区、本部门加速科技进步的具体政策和办法；要加大科技体制改革的力度；加强对科技进步工作的检查、监督，保证各项推进科技进步的政策落到实处。

国务委员宋健代表国务院作了总结报告。报告指出，这次全国科学技术大会，是全面落实科学技术是第一生产力思想，实施科教兴国战略，迎接新技术革命，向社会主义现代化发起新的进军的动员大会。

在这次大会上，要求实施中共中央、国务院《关于加速科学技术进步的决定》。这份纲领性文件主题即"科教兴国"。

从此，科技体制改革更加奋力推进，科技经费也不再捉襟见肘。更为可喜的是，大力弘扬科学精神正在成为社会的主旋律。

召开全国技术创新大会

1999 年 8 月 23 日至 26 日，中共中央、国务院在北京第三次召开全国技术创新大会。

会议的主要任务是：

部署贯彻落实《中共中央、国务院关于加强技术创新，发展高科技，实现产业化的决定》，进一步实施科教兴国战略，建设国家知识创新体系，加速科技成果向现实生产力转化，提高我国经济的整体素质和综合国力，保证社会主义现代化建设第三步战略目标的顺利实现。

出席这次会议的有各省、自治区、直辖市和新疆生产建设兵团以及计划单列市党委或政府的主要负责人，科技行政部门的负责人，中央和国家机关有关部门、解放军、武警部队负责人，各民主党派、全国工商联、有关人民团体负责人，部分科研院所、高等院校、企业、高新技术开发区及有关方面代表。

在开会前，江泽民等中央领导，会见了会议全体代表并同他们合影留念。

大会由朱镕基主持。

在大会开幕式上，江泽民发表了重要讲话。江泽民在讲话中指出：

全党同志和全国各族人民都要牢记：

全面实施科教兴国战略，大力推动科技进步，加强科技创新，是事关祖国富强和民族振兴的大事。

努力在科技进步与创新上取得突破性的进展，赋予全面推进建设有中国特色社会主义事业以更大的动力，是全国广大科技工作者和各条战线上的同志的一个伟大战略性任务。

我们要切实担负起这个历史责任，在党和政府的领导下，团结一致地向新科技革命进军，向社会主义现代化建设的广度和深度进军。

……

创新精神，是我们民族几千年来生生不息、发展壮大的重要动力。我们要继续发扬这个光荣的传统，瞄准世界科技发展的先进水平，结合我国现代化建设的实际，奋起直追，锐意创新，把我国的科技事业和现代化建设不断推向前进。

我们既要充分估量新的科技革命带来的严峻挑战，更要珍惜它带来的难得机遇。我们必须抓住机遇，正确驾驭新科技革命的趋势，全面实施科教兴国战略，大力推动科技进步，加强科技创新，加速科技成果向现实生产力转化，掌握科技发展的主动权，在更高的水平上实现技术发展的跨越。

会议期间，李岚清代表中共中央、国务院做了报告，对贯彻《中共中央、国务院关于加强技术创新，发展高科技，实现产业化的决定》作了工作部署。

会议期间，代表们认真学习讨论了江泽民在大会开幕时的重要讲话和中央"决定"，交流了工作经验，研究了贯彻落实会议精神的工作。

在 8 月 26 日的闭幕会上，朱镕基做了总结讲话，号召广大科技工作者锐意进取，扎实工作，把科教兴国战略真正落在实处，以技术创新和高科技发展的新成就迎接新世纪的到来。

这次全国技术创新大会，对于深化科技改革，全面推进技术创新和科技成果产业化，起到了重要的推动作用。

召开高校技术创新大会

2000年1月11日至13日，教育部在北京召开全国高校技术创新大会。

来自全国各省、自治区、直辖市的教委主任，84所高校校长，教育部科技委正、副主任以及教育部有关部门负责同志出席了大会。

大会开幕式由教育部党组副书记、副部长吕福源主持。

李岚清向大会发表了重要书面讲话，教育部党组书记、部长陈至立出席大会开幕式并做了重要讲话，副部长韦钰作了大会工作报告和总结。

大会还邀请国家计委、国家经贸委、科技部、外经贸部、国家税务总局等部门相关司局负责人及部分专家就有关问题做了专题报告。

这次会议的主要任务是：

全面学习和贯彻全国技术创新大会精神，认真落实《中共中央、国务院关于加强技术创新，发展高科技，实现产业化的决定》精神，采取积极措施，调动高校一切积极力量，推动和加速技术创新与科技成果产业化，进一步加

决策倡导

强培养具有创新创业精神和实践能力的高素质人才，为增强我国自主创新能力，实现技术发展跨越和综合国力提高，作出应有的贡献。

李岚清的书面讲话，对高等学校的技术创新工作做了重要指示，为科技成果转化和高新技术产业化指明了方向。

李岚清强调指出：

这是一次非常重要的会议，必将对推动中共中央、国务院关于加强技术创新，发展高科技，实现产业化的战略部署的贯彻，促进高等学校科技体制改革，进一步加强高校科技成果转化和高新技术产业化工作产生深远的影响。

……

高等院校要进一步解放思想，转变观念，深化改革，扩大开放，坚持产学研结合，加强科技创新和创新人才培养，努力办成知识创新、传播和创新人才培养的强大基地，技术创新和高新技术产业化的重要力量。

陈至立在讲话中强调指出：

高等学校在国家技术创新中起着不可替代

的主要作用，搞好高校技术创新工作，要着重解决好机制创新问题，建立有利于科技成果转化的分配机制、激励机制，探索出一条适合我国高校特点的技术创新的路子。

面对新世纪的机遇和挑战，高校必须充分认识到综合国力的竞争的核心是知识创新、技术创新。高校开展科技成果转化和高新技术产业化工作，是我国现代化建设的迫切需要，是当前科技工作应当着重加强的环节，是培养具有实践能力的高素质创新人才的主要手段，是实现科技、教育与经济紧密结合的纽带。

陈至立要求高等学校勇于承担历史所赋予的责任，加快科技成果转化和高新技术产业化，为实现我国社会主义现代化建设战略目标发挥更大的作用。

韦钰在《加速科技成果转化和高新技术产业化，全面开创高校技术创新工作新局面》的报告中，分析了当时形势，总结了高等学校在科技创新中取得的巨大成就的同时，深入剖析了高等学校在科技成果转化和高新技术产业化中存在的问题。针对这些问题明确了高等学校技术创新工作的基本思路，部署当前的工作。

在会上，代表们对教育部的工作，特别是教育部对大学科技工作的指导工作提出了很好的建议。

会上，印发了《教育部关于贯彻落实〈中共中央、国务院关于加强技术创新，发展高科技，实现产业化的决定〉的若干意见》，系统提出了高等学校进一步发展高科技，实现产业化，加强科技成果转化和高新技术产业化的具体实施意见，这是贯彻落实中央决定的具体体现。

这次会议采取的是"圆桌会议"形式，与会代表可以就其关心的问题当场提问。会议开得热烈、生动，有问有答。

参加会议的代表一致认为，这次会议的召开，为高等学校开展技术创新工作开创了新的局面，为构筑国家创新体系、增强自主创新能力和实现中华民族伟大复兴将产生积极影响。

召开全国科学技术大会

2006 年 1 月 9 日上午，全国科学技术大会在人民大会堂隆重开幕。

这次大会是中共中央、国务院继 1956 年知识分子会议、1978 年全国科学大会、1995 年全国科技大会之后召开的第四次全国科技大会，也是新世纪召开的第一次全国科技大会。

人民大会堂内华灯齐放，气氛庄严。主席台前花团锦簇，台上方是"全国科学技术大会"会标。

二楼眺台上悬挂着横幅：

坚持以邓小平理论和"三个代表"重要思想为指导，全面落实科学发展观，认真实施国家中长期科学和技术发展规划纲要，为全面建设小康社会努力奋斗。

胡锦涛、吴邦国、温家宝、贾庆林等党和国家领导人出席了大会。

全国科学技术大会的全体代表、2005 年度国家科学技术奖获奖代表、首都科技界代表等共 3000 多人出席大会。

9时整，全国人大常委会委员长吴邦国宣布大会开始。全体起立，高唱国歌。

此时，雄壮的国歌在万人大礼堂内响起，嘹亮的歌声，令在场的人无不心潮起伏。

接着，大会首先为获得2005年度国家科学技术奖的人员颁奖。温家宝宣读了《国务院关于2005年度国家科学技术奖励的决定》。

在雄壮的乐曲声中，胡锦涛向获得2005年度国家最高科学技术奖的中国科学院院士、中国科学院大气物理研究所名誉所长叶笃正，中国科学院院士、中国人民解放军第二军医大学东方肝胆外科医院院长吴孟超颁发奖励证书和奖金，并同他们亲切握手，表示祝贺。

随后，胡锦涛等党和国家领导人分别向获得国家自然科学奖、国家技术发明奖和国家科学技术进步奖的代表颁发奖励证书。

此时，大礼堂里响起经久不息的掌声。

随后，胡锦涛走向讲台，发表了题为《坚持走中国特色自主创新道路为建设创新型国家而努力奋斗》的重要讲话。

在讲话中，胡锦涛强调：

> 本世纪头20年，是我国经济社会发展的重要战略机遇期，也是我国科技事业发展的重要战略机遇期。

面对世界科技发展的大势，面对日趋激烈的国际竞争，我们只有把科学技术真正置于优先发展的战略地位，真抓实干，急起直追，才能把握先机，赢得发展的主动权。

我们必须下更大的气力、做更大的努力，进一步深化科技改革，大力推进科技进步和创新，带动生产力质的飞跃，推动我国经济增长从资源依赖型转向创新驱动型，推动经济社会发展切实转入科学发展的轨道。

在建设创新型国家的伟大实践中，广大科技工作者应该做自主创新的先锋，做拼搏奉献的楷模，努力创造无愧于时代、无愧于人民的光辉业绩。

胡锦涛最后指出：

建设创新型国家是时代赋予我们的光荣使命，是我们这一代人必须承担的历史责任。全党全国各族人民要统一思想、坚定信心、奋发努力、扎实苦干，坚持走中国特色自主创新道路，以只争朝夕的精神为建设创新型国家而努力奋斗。

胡锦涛高瞻远瞩的重要讲话，引起与会者强烈共鸣，会场上响起一次次热烈的掌声。

"'无愧于时代，无愧于人民。'总书记的这句话，让我感到沉甸甸的。"中南大学党委书记李健说，"创新型国家需要创新型人才。在这方面，我们愿意先行一步。"

"我们尝到了自主创新的甜头。"新大陆科技集团董事长王晶说，"作为企业，我们要有自信心，要敢为天下先，要真正成为自主创新的主体。"

"用15年的时间使我国进入创新型国家行列，任务很重。"海南省科技厅厅长肖杰说，"正如总书记所指出的那样，这是一项极其繁重而艰巨的任务，也是一项极其广泛而深刻的社会变革。"

"目标宏伟，激动人心。我们要把一件件工作落到实处。"

"作为国家特大型企业，建设创新型国家，我们责无旁贷！"

……

这次大会是全面贯彻落实科学发展观，部署实施《国家中长期科学和技术发展规划纲要（2006—2020）》，加强自主创新、建设创新型国家的动员大会，也将成为我国科技发展史上的又一个里程碑。

举办科技创新成就展

2006 年 1 月 9 日 19 时，位于西二环外的北京展览馆灯火通明，人潮涌动，一派热烈景象。原来，这里正在举行由国家科技部、财政部、教育部等 11 个部委联合组织的科技创新重大成就展。

19 时 20 分，参观展览的第一批嘉宾，即参加全国科技大会的代表们正在步入展会现场。

此次展览展出 480 多项科技成果，有实物和模型 800 多件，全面展示科技发展对国民经济和社会发展的支撑作用和重大贡献，展示以企业为主体的技术创新成就和高新技术重大突破。

在展厅的"工业与高技术展区"，曙光超级计算机、半导体节能光源、卫星导航定位系统、中国"龙芯"、电动汽车、数字化虚拟人等一个个我国自主研发的核心技术让人目不暇接。

在我国自主创新的民族品牌，第三代移动通信系统的展台前，一位代表饶有兴致地拿起 3G 手机，进行着视频通话。解说员告诉代表们："在第三代移动通信领域，中国在世界上并不落后。"

用手机不但能够进行有图像的视频通话，还能实现"画中画"等增强功能。真是难以置信！

在交通技术装备展台，参会代表、中国远洋运输总公司总裁魏家福，指着展品模型兴奋地说："真让人高兴，我们终于有了自主制造的主机曲轴，这可是了不起的成就。过去，我国所有自己制造的船舶，这个核心部件都要用国外产品，这种局面今后要改变了！"

在数控机床展台，华中科技大学教授、国家数控系统工程技术研究中心主任陈吉红，自豪地向代表们介绍："过去，国外公司不给我们五轴以上的数控系统，现在我们自己做出来了，达到了国际先进水平。"

在企业信息化展台，参会代表、用友软件公司董事长王文京说："过去，国外软件公司'领导'着中国企业信息化，现在，中国的软件企业依靠自主创新迎头赶上了，国产软件已经成为我国企业管理软件领域的领跑者。"

展出的重大成就充分表明，我国科技事业大有可为。我国已经具备了实施自主创新战略、建设创新型国家的能力和基础，自主创新，正在托起中国走向腾飞。

中央组织创新报告会

2006 年 2 月 16 日上午，由中宣部、科技部共同组织的自主创新报告团首场报告会，在人民大会堂隆重举行。

报告会围绕"提高自主创新能力，为建设创新型国家而努力奋斗"的主题，通过国家战略规划和国家重大工程、企业自主创新的典型事例，重点阐述了自主创新对于民族国家发展的重大意义，介绍了建立以企业为主体、产学研结合的技术创新体系的成功经验和地方政府积极推动科技创新的做法，以自己切身的实践，生动展示了中国特色自主创新道路的内涵。

总装备部载人航天工程办公室工程总体室主任王忠贵、中科院计算技术研究所微处理器技术研究中心主任胡伟武、青岛海信集团有限公司董事长周厚健、深圳市人民政府常务副市长刘应力、科技部办公厅副主任梅永红等分别做了报告。

> 要跨越发展，就不能墨守成规，跟在别人的后面亦步亦趋。

王忠贵在报告中自豪地说，我国只进行了 4 次无人飞行就完成了"神舟五号"首次载人飞行，仅用两年的时间就实现了从"神舟五号""一人一天"到"神舟六号""多人多天"的重大跨越。

胡伟武在《为了"龙芯"的跳动》报告中讲述了龙芯课题组 4 年来的奋斗历程。年轻的科研人员为高性能通用处理器研制工作奉献着自己的青春，他们用实践证明，在自主创新上，所谓不可能只是因为没有去做，中国人在信息产业的核心技术方面，完全能够通过创新跨越取得突破。

周厚健在报告中说：

市场经济的最终主宰是消费者与技术。

作为国内电子信息产业的骨干企业之一，海信坚持技术立企的战略，不断提升自主创新的能力，坚持走"高科技、高质量、高水平服务、创国际名牌"之路，率先在国内构架起专注于家电、通信、信息为主导的 3C 产业结构。

刘应力在报告中说：

上世纪 90 年代初，我们曾面临重大的选择：是沿用我国传统的创新路径，还是直接支持企业的创新活动，建立以企业为主体的创新体系？我们认为后者更符合产业技术创新的规律。

回顾过去 10 多年自主创新工作的历程，刘应力在报告中说，自主创新是一个国家、一个地区迈向经济发展自由王国的必由之路，只要具备长远的眼光、坚定的信心、科学的规划，自主创新的目标就一定能够实现。

梅永红在报告中说：

> 我国虽然处在人均 GDP1000 美元的时期，但科技创新综合指标已相当于国际上人均 GDP5000 美元至 6000 美元国家的水平。我国科技人力资源总量和研发人员总数分别居世界第一位和第二位，这是任何国家无可比拟的。

梅永红认为，只要我们树立自立自强的精神，拿出当年研制"两弹一星"的劲头，拿出今天实施载人航天工程的勇气，就一定能有更大的作为，一定能够创造无愧于时代、无愧于历史的辉煌业绩。

报告人的精彩报告表现了广大科技工作者强烈的赤子之情、坚定的报国之志，唱响了科技人员开拓创新、勇攀高峰、默默奉献的时代赞歌，使在场的听众深受教育和鼓舞。

在首场报告会结束后，报告团将分成两组分赴山东、上海、安徽以及辽宁、湖南、陕西等 10 个省市进行巡回报告。

开展创新型企业试点

2006 年，为加大对企业技术创新的支持力度，科技部、国务院国资委、中华全国总工会共同实施"技术创新引导工程"，开展了创新型企业试点工作。

创新型企业试点开展以来，试点工作成效显著。

据科技部介绍，试点企业都设立了研发机构，46%的试点企业研发投入占销售收入的比重超过了 6%，20 多家创新型试点企业将新建国家重点实验室，企业创新能力大大增强。

参加试点的首批 103 家企业具有较强的行业代表性，大都处于行业领先地位，具有较大的市场份额和较强的竞争力。其中大型企业约占 60%，中小型企业占 40%。试点企业资产总额约占全国工业企业资产总规模的 14%，纳税总额接近国家各项税收收入的十分之一。

"试点企业纷纷以此为契机，梳理发展思路，完善创新战略，紧密结合企业生存发展、做强做大的实际需求制订试点方案。"科技部政策法规与体制改革司副司长李新男说，"企业从研发能力建设、加大研发投入、培养创新队伍、创新管理机制、营造创新文化等多方面积极开展试点工作。"

李新男说，首批 103 家试点企业在开展技术创新方面取得了可喜的进展。试点企业把创新作为根本战略，以提升创新能力为核心，制订了新一轮发展规划，进一步加大企业研发投入。

据统计，46%的试点企业研发投入占销售收入的比重超过6%。试点企业都设立了研发机构，大多数企业承担了国家和地方的"十一五"重大科技项目，一批具备条件的试点企业建立了国家重点实验室和工程中心等创新基地。同时，试点企业注重体制机制创新，不断完善创新要素参与分配的激励机制，更加重视知识产权的创造、保护与运用，积极建设企业创新文化。

开展创新型企业试点工作，就是要推动企业增强自主创新能力，建立并完善有利于自主创新的内在机制，探索不同类型企业创新发展的有效模式，形成一批创新型企业，引导和带动广大企业走自主创新之路。

在试点工作中，各类企业积极探索各具特色的技术创新道路，取得了许多值得借鉴的经验。

据介绍，国有骨干企业领导进一步增强了落实中央自主创新战略的责任感，甚至牺牲当前利益，加大长远技术创新投入。

在国家电网公司，重构内部技术创新体系，针对国家能源、环保瓶颈问题进行特高压输变电系统开发。

在宝钢集团，以试点为抓手制订了新一轮技术创新规划，加强战略产品开发和前沿技术研究，并启动了知识产权战略蓝皮书的编制。

在化学工程集团、网通集团等企业，把试点方案与企业发展规划紧密结合，把技术创新当作企业发展的生命线来抓。

一汽集团在回顾反思的基础上，提出了以进入世界汽车十强为目标的自主创新战略规划。

在转制科研院所，创新以进一步发挥产业技术创新中的支撑与引领作用为试点目标，在加强自身创新能力建设的同时，积极探索产学研结合的新机制和新模式，推动高新技术成果产业化、规模化。

在钢铁研究总院，联合有关企业、大学、科研单位，构建技术创新战略联盟，力求钢铁行业技术创新的重大突破。

在中国纺织研究院，积极推动绍兴纺织技术创新联盟形成，满足区域支柱产业技术创新需要。

在大唐电信，则借创新型企业试点的东风，进一步强化第三代移动通信联盟持续创新能力。

创新在高新技术企业和民营科技企业，则以依靠技术创新做强做大为目标，完善机制，健全机构，增强持续创新能力和参与国际竞争能力。如海信集团通过试点梳理发展思路，完善管理、研发、销售协同的创新战略，加强自主创新的统筹规划。

在中兴通讯公司，以差异化战略进行产品规划和研发，不断完善知识产权和标准战略；在汉王科技公司，则实施"造雷、布雷、防雷、排雷"的知识产权战略，借助知识产权优势实现市场优势；在北京的仁创、浙江的海正药业，宁波博威、广州威创等企业，都在试点中采取多种形式完善技术创新支撑体系。

与此同时，地方积极开展创新型企业试点工作，形成了中央和地方的联动机制。

在 2007 年，全国有 22 个省、区、市开展了试点工作，各地已确定试点企业近千家。

各地把创新型企业试点作为区域创新体系建设的突破口和着力点，结合地方"十一五"发展规划，选择和培育一批试点企业。

北京市结合中关村科技园区二次创业，选择了 100 家企业开展试点。

各地还集成创新资源，建立了多部门联合推动的工作机制，对试点企业给予引导支持。

内蒙古自治区制定了创建创新型企业成长路线图；浙江省采取后补助方式鼓励试点企业加大研发投入；甘肃省设立了专项资金支持试点企业增强技术创新能力。

组建国家重点实验室

2007 年，我国在高校和研究院所，建设了 200 多个国家重点实验室。国家重点实验室是国家科技创新体系的重要组成部分，是国家组织高水平基础研究和应用基础研究的重要基地。

随着《关于依托转制院所和企业建设国家重点实验室的指导意见》的出台，在 36 家企业建立国家重点实验室，支持企业开展技术创新。

原来，我国企业研发机构数量较少，研发能力不足，企业普遍重生产、轻研究开发。据统计，在 2005 年，我国大中型工业企业，开展科技活动的仅为 38.7%，有研发机构的仅占全部企业的 23.7%。

针对这种现状，科技部基础研究司副司长叶玉江说，近年来，科技部积极关注和支持转制院所和企业科研基地的发展。

在 2004 年，科技部在钢铁研究总院和有色金属研究总院，分别建设了先进钢铁流程及材料和有色金属材料制备加工两个国家重点实验室。

在 2005 年，科技部又依托普尔药物科技开发深圳有限公司，建设了深圳中药药学及分子药理研究省部共建国家重点实验室培育基地。

在 2006 年发布的《国家中长期科学和技术发展规划纲要（2006—2020）》中，国家对在企业科研基地建设提出了重要的要求：

　　支持鼓励企业成为技术创新的主体，要发挥经济、科技政策的导向作用，引导企业增加研究开发投入，推动企业特别是大企业建立研究开发机构。

同时，国务院印发的《配套政策》指出：

　　加强企业和企业化转制科研机构自主创新基地建设。国家支持企业特别是大企业建立研究开发机构。

为了贯彻落实全国科技大会精神和《国家中长期科学和技术发展规划纲要（2006—2020）》，根据《配套政策》实施细则制定工作和"技术创新引导工程"的部署，科技部于 2006 年底制定出台了《关于依托转制院所和企业建设国家重点实验室的指导意见》，并全面启动了在转制院所和企业建设国家重点实验室的工作。

"指导意见"明确了转制院所和企业国家重点实验室的定位和主要任务、建设原则、管理职责，申请条件等内容。

决策倡导

为了确保质量，"指导意见"明确规定了企业国家重点实验室的申请条件。依托单位从事应用基础研究、关键技术和共性技术研究5年以上，近3年研发投入占年销售收入比例一般不低于5%，并具备承担和完成国家重大科研任务的综合科技实力；企业实验室应具有相对集中的研究方向，是代表本行业最高研究水平的科研基地，具备先进的科研条件和设施及相对集中的实验用房。

同时，要拥有一支年龄与知识结构合理、高水平的科技创新队伍。

对于挂牌的国家重点实验室，科技主管部门通过政策、项目和运行补助等各种方式，对企业国家重点实验室的建设、运行和科研工作进行支持，并建立适合企业特点的评估办法和优胜劣汰的动态管理机制。

同时，将在863计划、973计划、科技支撑计划等各类国家科技计划中对企业国家重点实验室进行倾斜，优先支持企业国家重点实验室承担具有行业全局性、技术前瞻性的科研项目。

相关部门正在制定和实施促进企业自主创新的财税、金融、政府采购、技术引进等措施，积极营造有利于企业国家重点实验室建设和健康发展的政策环境。

在2006年年底，科技部根据《规划纲要》的重点领域和优先主题，确定了36个优先支持方向，自上而下地组织具备条件的转制院所和企业建设企业国家重点实验室。

二、 贯彻执行

● 河北省一家化工厂的厂长这样评价张卫江："遇到张教授这样的科学家，企业再赚不了钱，那才是新鲜事呢！"

● 1999 年 8 月 26 日，在全国技术创新大会上，上海市宣布实施"聚焦张江"战略，举全市之力建设"上海张江高科技园区"。

● 2009 年 8 月 20 日，第三届国际创新方法大会在哈尔滨市召开。

天津大学大搞科技创新

1998 年 11 月，天津大学石油化工技术开发中心的"双酚 A"项目，完成了由 10 吨中试，向万吨级工业生产的转化，结束了我国生产聚碳酸酯的关键原料依靠进口的历史。

1994 年 12 月 13 日，江泽民来到天津大学视察时，"双酚 A 生产新工艺"的工业化实验，正处于开始阶段。

在当时，作为项目负责人，天津大学谈道教授向江泽民汇报了在项目科研中实现技术、经济一体化的做法。江泽民表现出了浓厚的兴趣，称赞他们把实验室成果直接转化成工业生产，步子迈得很大。

江泽民的到来，给"双酚 A"项目科研人员极大的鼓舞和鞭策。此后，他们又经过几年奋斗，到 1999 年年底，已达到 7000 吨的生产能力，2000 年，将达到 1 万吨的生产能力，而产品质量稳定达到聚碳级，尽产尽销，供不应求。

"双酚 A 生产新工艺"成功实现产业化是天津大学以"科教兴国"为己任，立足科技创新，将丰富的智力资源转化为雄厚的产业优势的一个典型例证。

1999 年底，他们又在积极筹备上马一个 6 万吨的生产装置。

据有关专家介绍，我国每年大约有 3 万项重大科技成果问世，但实际转化率仅为 10%，高校中科技成果转化率也只达到 20% 至 30%。但是，在天津大学，从 1996 年到 1999 年，该校共签订以科技成果有偿转让或入股合作兴办高新技术产业为内容的经济合同 944 项，合同经费逾 1.5 亿元。

这一成绩的取得，首要原因在于天津大学适应时代需要，增强科技创新意识，着力营造出鼓励科技开发、重在成果转化的良好氛围。

天津大学校长单平教授说：

> 在知识经济初见端倪的时代背景下，将丰富的智力资源迅速转化为产业优势，既是社会对高校的必然要求，也是高校自身发展的需要。它要求我们的科研工作必须改变过去从学术兴趣出发，只注重发表论文和鉴定成果的封闭状态，在社会经济的变革与发展中准确定位，面向经济建设主战场，主动为企业提供优质高效的技术服务。

正是基于这种认识，天津大学那些年陆续建立并完善了以"三化"为特征的全方位、开放型的科研工作格局，即实行全体科研人员都要参与技术创新的"全员化"；把技术创新工作纳入学校改革发展的总体规划和各类考评体系中，使之渗透到各个环节的"全程化"；制定相关政策，形成完整、科学、规范的政策体系的"系统化"。

为鼓励广大教师和科技人员积极投身科技开发和成果转化，学校专门设立了"天津大学科技进步奖""天津大学有偿科技开发基金"；在职称晋升中单列"技术开发系列"，制定了在科技开发和成果转化中切实保障科技人员经济利益的《天津大学经济管理暂行办法》；以此组织和引导全校教师和科技人员紧密围绕现实生产中的关键技术，开发新产品、新工艺，以高技术成果改造传统企业，推动企业的技术进步和经济效益增长。

化工研究所教授张卫江，在 5 年里，取得了 10 多项科研成果，并且全部实现转化，他的秘诀就是一个"跑"字。

首先是跑企业。多少年来，他几乎走遍了全国的化工企业，了解企业生产所需的项目和技术难题，然后把企业的疑难带回实验室潜心研究，攻关成功后再返销给企业。

其次是跑市场。有的企业既为应用科技成果后的预期利益所吸引，又对投资风险感到担心。张卫江就时刻关注着市场动态，为企业提供信息，甚至成为一个出色的推销员，帮助企业打开市场。

有时为了使企业摆脱暂时的困难，张卫江还帮着企业跑生产，甚至连买设备、租场地、找材料、筹资金这样的分外事也包揽下来。几年来光是攥着技术跑贷款，他就为企业贷来数千万元。

河北省一家化工厂的厂长这样评价他："遇到张教授这样的科学家，企业再赚不了钱，那才是新鲜事呢!"

而被企业视为"财神"的张卫江乐此不疲，5 年里为学校拿回成果转化费逾 600 万元。张卫江说："成果可不是当摆设的，转化的机会等不来，必须自己去寻找，去创造。学校为我们铺设了'快车道'，我们就要高速跑。"

高效整合校内外资源优势，强化科技攻关能力，实现多种形式的产学研结合，是天津大学科技创新的显著特色。他们概括为三句话：

科技机构多样化、技术创新社会化、科技成果产业化。

几年来，该校以不同院系的科研部门为依托，先后跨学院成立了"纳米材料科学与工程研究中心""生命科学与工程研究院""环境科学与工程研究院"等具有广阔发展前景的科研群体，打破了科研人员与学院的单一隶属关系，集纳智力资源，为多学科联合承担大型科研攻关项目提供了组织保证。

同时，他们努力拓展与社会各界的合作渠道，优势互补，建立起一批融科技开发与成果转化于一体的产业基地。

借助外力求发展是天津大学科技创新的一条重要途径。天津大学石油化工技术开发中心，即是与中石化总公司合作的产物。中石化总公司提供一定数量的人员编制和基建设备投资，并在科研经费上予以大力支持；开发中心负责承担中石化总公司的科研和技术开发课题。

石油化工技术开发中心自建立以来，完成各类研究项目近百项，获国家级和省部级科技进步奖 7 项，取得专利 20 项，完成引进技术项目 44 项，累计为企业创造经济效益数亿元。到 1999 年底，天津大学与全国数十家企业建立了科技开发联合体，产学研结合呈现强劲的发展势头。

药芯焊丝是天津大学焊接研究所自主开发的一项极具市场竞争力的高科技产品。

天津大学焊接研究所以技术入股的方式，与天津信托投资公司、天津科技发展有限公司等，共同组建了天津三英焊业有限公司，负责药芯焊丝系列产品，及其生产线的工业化开发。

项目生产一开始，就迫使国内市场上的进口药芯焊丝降价 20%。1999 年 10 月，该公司 1500 吨药芯焊丝生产线通过鉴定，这标志着我国在药芯焊丝的生产上达到了新水平。

兴办自己的高科技企业，是实现科技成果产业化的一条快捷之路。

"天大天财"就是天津大学依托自身科技实力并独家控股的高科技上市公司。

天财公司以计算机信息、填料塔、光电一体化、工业结晶等多方面高新技术和产品开发、生产为主业，是天津市第一家在国内上市的高科技股份公司。

公司承担的"基于曙光计算机的税收征管系统"被列为国家重大产业工程推广示范工程，天财品牌的财会、远程教育软件拥有广阔的国内市场。

填料塔新技术分公司开发生产的 13 个系列、90 多个品种的填料和 30 多个品种的塔内件，已经应用到全国 800 多家企业，新建和改造了 3000 多座塔器。仅在天津市推广应用即达 80 多家，每年创造的经济效益有 5 亿多元。

据统计，天津大学已形成了由 10 家学校直属大型企业、50 多个院级公司和一大批与社会联办的企业所组成的高新技术产业群。

到 1999 年底，仅校办企业的年总产值即可达到 8 亿元，实现利税两亿元。天津大学走科技创新之路，不仅造福于社会，也壮大了自身实力，为学校各项事业的发展创造了条件。自 1994 年开始，该校科技经费连续 5 年超亿元，1998 年则突破两亿元。

随着形势的发展，天津大学已不满足单个项目的个体化突破。1999 年 10 月，天津大学与天津经济技术开发区正式签订协议，共建"天津大学科技园"。

上海成立张江科技园

1999 年 8 月 26 日，全国技术创新大会上，上海市宣布实施"聚焦张江"战略，举全市之力将张江建设成为技术创新高地"上海张江高科技园区"。

上海张江高科技园区先行先试，锐意改革，从乡村田野变身长三角地区的创新重镇，为我国创新型国家建设探索了一条跨越式发展之路。

机制突破，政策倾斜，要素聚集，"聚焦张江"战略激发了一批技术人才的创新热情。中芯国际、展讯通信、桑迪亚等一批创新企业代表了张江的技术高度。

张江高科技园区也凭借强劲的自主创新能力成为国家战略技术平台。截至 2009 年上半年，张江高科技园区累计承担国家重大战略课题研究 216 项。

在国家 16 个科技重大专项中，张江高科技园区企业参与了 5 个专项。其中，极大规模集成电路制造技术及成套工艺专项已确立的 44 个项目中，张江企业承担了 7 项；国家新药创制科技重大专项中，张江企业和科研院校共承担 99 项，占全国的 10.2%。

到 2009 年，张江高科技园区已成为我国内地集成电路产业链最完整的地区，是我国最大的移动通信芯片研发基地，也是我国创新药物研发数最多的地区，还是我国以美国、欧盟为目标的国际新药研发注册最多的地区。

2008年，面对突如其来的国际金融危机大考，张江高科技园区交出了一份令人惊喜的答卷。集成电路产业在2009年3月开始率先反弹，7家企业共12条生产线在6月销售额突破10亿元大关，已达到国际金融危机来袭之前的正常水平。

自2003年开始，张江高科技园区三大主导产业之一的生物医药产业每年平均以近30%的增长率高速增长。2008年，在国际金融危机的影响下，张江高科技园区生物医药产业销售收入增长率仍达到23.8%，首次突破百亿元大关，2009年1至5月，同比增长更高达35.9%。

张江高科技园区创新"发动机"为浦东乃至上海的经济发展提供着日益强大的驱动力。"张江样本"为科技创新驱动经济发展的理念提供了现实示范。

"聚焦张江"是上海在国家创新战略下进行的区域前瞻性科学实践，核心是探索新型生产关系，解放和发展先进生产力。

从全国率先实行企业直接登记制，探索"告知与承诺制"，到率先试点以"张江的事张江办结"为目标的行政审批权下放，张江高科技园区的机制创新更是激发了创新动力。

从"集成电路产业链监管模式"、入境特殊生物材料检验检疫改革、研究总监企业便捷通关等，一系列开全国先河的产业政策实践，到14个国家部委，先后或联合在张江设立 20 多个国家级基地或试点，张江高科技园区政策突破释放了创新活力。

从上海市市长亲任张江高科技园区领导小组组长，实行扁平化管理，到成立园区发展事务协商委员会的民主化建设，张江的体制改革增强了发展推力。

"聚焦张江"引领了一场深刻的生产关系变革，以知识创造和技术创新为代表的先进生产力由此得到了进一步的解放和发展。

10 年聚焦，矢志创新。张江高科技园区，这个孕育着上海乃至我国未来高新技术产业希望的科技园区，必将迎来更加辉煌的未来。

省委书记与博士谈创业

2000 年 1 月 2 日，新的一年刚刚来临，福建省约 180 名博士在榕城福州欢聚，与福建省委书记陈明义，以及福建省知名企业家一起，共话科技创业，展望美好明天，探讨高学历人才进入经济建设主战场的成功之路。

1999 年以来，福建全省各地 600 多名博士，依托福建省博士分会，在全省开展"百名博士、百家企业、百个项目"的"三百工程"，以主动进取的精神，谋求与企业联姻，取得了良好的成效。

上午，7 名博士代表，分别讲演自己的创业经验与计划，介绍技术转让、技术合作、技术入股、技术风险投资的难点和关键问题，从中发现产学研相结合的突破环节，使人感悟创业的艰辛和成功的必然，鼓动更多博士在知识创新的同时投身于科技创业的大潮中。

与此同时，福日集团、福耀玻璃集团、超大集团等一些福建省知名企业的企业家也参加了此次座谈会。

企业家们站在企业的角度对博士们如何进行科技创业提出了建议与希望。作为此次创业座谈会的主要倡议者之一，福日集团董事长唐文合提出，希望能与博士分会共同筹建福建博士产业促进会，使这个协会能够给企业带来效益，能给博士们带来发展的空间，能推动福建

贯彻执行

039

经济跃上一个新台阶。

福建省委书记陈明义，对博士们报效祖国的热情与振兴福建的强烈责任感给予了高度评价。

陈明义说：

> 这么多博士放弃节日休息时间，到这里探讨如何以创业成果来迎接新世纪的到来，这是新千年的新创意。博士是福建省迈向新世纪的一支重要的创新力量，省委、省政府一定会创造更好的政策环境，支持科技创业。

陈明义希望博士们在新世纪里能成为教育家、博导，能成为科技企业家、创新骨干，能成为政府、企业的智囊团，或者直接走上领导岗位，从而为福建的改革开放作出更大的贡献。

山东贯彻科技大会精神

2006 年 1 月 9 日，在全国科学技术大会结束之后，山东省高度重视，采取有效措施，认真贯彻落实会议精神。

全国大会召开后第二天，1 月 13 日上午，山东就召开了全省科技系统视频工作会议，传达了全国科学技术大会、全国科技厅长会议精神。

在会议上，王军民副省长就全省 2005 年的科技工作进行了全面总结，根据全国科学技术大会精神，对全省当年的科技工作进行了全面的部署。

1 月 13 日下午，山东省政府第六十二次常务会议传达学习了全国科学技术大会精神，韩寓群省长对山东贯彻落实大会精神提出了具体意见。

1 月 16 日，在山东省"两会"期间，省委常委会专题传达学习了全国科学技术大会精神，研究了大会精神贯彻落实意见，张高丽书记发表了重要讲话。

张高丽首先高度评价了全国科学技术大会的里程碑意义，要求山东带头把全国科学技术大会精神落实好。

会议完全赞同省政府常务会议决定省财政大幅度增加科技投入的意见，决定在 2 月底召开一次高规格、大规模的全省科学技术大会，结合山东实际全面贯彻落实全国科学技术大会提出的各项任务。

1月18日晚，由省政府调研室、省科技厅、齐鲁电视台联合举办的"2005年度山东十大自主创新新闻和十大自主创新人物"颁奖晚会，通过无线电波把加强自主创新、建设创新型国家的主旋律传遍了齐鲁大地的千家万户。

2月6日至7日，全省科技系统、大学、院所、企业500多人参加了在济南召开的"国家中长期科技发展规划纲要和'十一五'科技规划报告会"。

在报告会上，科技部相关司局的有关负责人就国家中长期科学技术发展纲要的基本精神和主要内容，科技部"十一五"科技规划、2006年国家科技计划体系和科技管理改革及国家重大专项和基本计划做了详细的介绍。这对于山东省各行业、各地方积极参与国家重大科技计划、提高自主创新能力具有重要的指导意义。

中关村引领创新龙头

2006 年 1 月 10 日，胡锦涛在全国科技大会上的讲话，在中关村引发了极大的共鸣。

听到胡锦涛提出建设"创新型国家"的目标，中关村的许多企业家们，感到由衷喜悦。他们都说，建设创新型国家，中关村可以借鉴的经验很多，中关村天生就是创新之地。中关村正在成为我国创新中心，成为世界创新的源头地之一。

自主创新中引进消化吸收再创新，需要科学引进，更需要在消化、吸收基础上实现跨越式的再创新。是否能完成"再创新"这"惊险的一跳"，是衡量引进成效的重要指标。

中关村的引进消化吸收再创新，以走向全球产业前沿为目标，以"购买技术""并购企业""技术许可""国际合作"为主要形式，走过的是一条技术引进、消化吸收和创新升级的道路，实现跨越式发展的"再创新"目标。

引进消化吸收再创新是中关村自主创新的主战场。模仿和学习引进先进技术，消化吸收再创新是一种重要的创新方式，是发展中国家提升自主创新能力的必然过程。

中关村的发展历史当中，四通首开引进消化吸收再创新先河。当年四通集团先引进日本兄弟公司的打字机，然后将日本三井物产的日文打字机汉化为中文打字机，最终再创新研发推出 MS 系统中外文电子打字机。

同样，时代集团公司里氏硬度测试仪，也是该公司首先引进国外先进产品，经过消化、吸收后，接连开发了四代产品，直至后来产品国产化率达 90% 以上。时代公司完成这跨越式一跳以后，产品不仅占领了国内市场，而且出口欧美几十个国家。

联想案例则更为典型。联想早期的 286 计算机，除了汉字输入的联想汉卡之外，几乎是标准的 IBM 兼容机。但联想后来在推出联想 1＋1 电脑、互联网电脑时，在多媒体技术和网络易用技术上进行了大量集成性创新。如今，在进一步学习融合众多新技术的前提下，联想发起成立了"闪联"，开始向原始性创新挺进。

众多活跃的中关村企业，已经使中关村成为我国消化吸收国际最新技术的桥头堡。国际上只要一出现新技术，中关村就有跟进和模仿学习的企业。快速捕捉新知识和积极学习的能力，成为中关村创新能力的基础。

多少年来，在环保、新能源等国家发展循环经济急需的领域，中关村企业就开展了大量的技术引进和再创新开发。

比如，王怀东博士从国外带回已经成熟的餐厨垃圾处理技术，创立了嘉博文公司；中信国安 MGL 公司引进国外锂离子二次电池正极材料的技术，进行消化吸收再创新，成功突破了国外厂商对该技术的垄断，研发出拥有完全知识产权的产品。

在走出去和国际化的大趋势中，中关村的龙头企业开始以兼并、收购等方式，实现企业发展和技术跨越。

京东方集团，2003年通过收购韩国现代公司液晶显示屏全部业务，获得超过2000项液晶显示相关专利，从而将整套研发和生产体系向我国转移。京东方还在整合北大、清华和中科院的技术资源基础上，进行自主创新，实现了原有的3.5代线向5代线的升级，逐渐形成了我国光电显示产业的自主发展能力。

联想集团于2004年底整体并购IBM的电脑业务，一跃成为世界第三大计算机公司。原IBM的1500余项专利皆归联想所有，加上此前自主拥有的1000余项专利，联想现在已合计拥有2500余项专利。原IBM位于美国罗利、日本大和的研发中心并入新联想集团。

整合之后，新联想分别设立了北京研发中心、大和研发中心、罗利研发中心，形成了遍布全球的研发布局。拥有这1500余项新专利后，最重要的是在此基础上进行持续创新。

联想每年把营收的2%投入到产品研发与技术创新，仅2006年的研发投入预计高达25亿元人民币。2005年8月，新联想公布的第一季度财报显示，公司成功扭转IBM电脑业务连续3年以来的亏损并实现大幅增长，表明收购业务初步成功。

在国外，大型企业往往通过购买、兼并或合作，将其他机构的创新成果转化为自己的"内源知识"。这些产权的转移和自行开发一样，都是企业进行技术创新的手段。

京东方和联想的跨国并购，都是按照国际通行的并购方式获得快速扩张急需的业务和相关先进技术，实现技术赶超。这是中关村企业迈向世界大企业之林的可行路径之一。

20多年来，中关村创业史，从1980年陈春先下海，到柳传志、王选，到王文京、求伯君，到王志东、张朝阳、周寰，再到冯军、陈卫、李彦宏、邓中翰，几代企业家前赴后继，在这里创业、创新。

20多年来，联想、方正、用友、金山、新浪、搜狐、大唐、华旗、信威、百度、中星微，一个个企业在这里创业成长、发展壮大，不断演绎着技术创造财富的传奇。

中关村人在寻找、探索和突破中，形成了一种"鼓励创业、容忍失败"的创新文化，开辟了一条自主创新、市场化发展的产业报国之路。

个人创业投资、战略投资、风险投资、上市融资，多元化的投融资体系，成为中关村企业成长的重要基石；技术人员下海、海归人员创业、大企业衍生新企业，成为中关村产业壮大的汩汩源泉；原始创新、集成创新、引进消化吸收再创新，成为中关村产业发展的三把利剑。

制度创新为中关村发展拓宽了巨大空间。成立新技术试验区、中关村管委会，颁布《中关村科技园区条例》，中关村在体制和机制上不断突破旧框框，根据高技术产业的发展规律，营造更好的创新创业环境。

在中关村，建设孵化器、专业园、特色产业基地，发展一区多园，助力产业集群的成长，已经形成创业、孵化、集聚的良性循环，成为市场化、国际化的创新创业集聚区，成为我国自主创新的示范区和辐射源。

展望未来，按照"自由创业、自主创新、自有品牌、自信跨越"的新四自原则，中关村人还在孜孜不倦地探索，在继续寻求更大、更广阔的发展空间。

南昌掀起科技创新高潮

2006 年，在全国科技大会召开后，南昌高新区迅速做出反应，出台了《南昌高新区鼓励科技人员技术创新的奖励办法》。

南昌高新区围绕增加园区科技投入力度、提高企业持续创新能力、建立投资政策体系，每年财政拿出专项资金支持和引导企业进行技术创新，园区企业掀起了一个自主创新的新高潮。

在政策的推动下，南昌高新区企业技术创新能力得到进一步增强，2006 年，南昌高新区共有 274 个产品获得各类计划立项。

在国家级项目申报中，江西先锋环宇电子商务有限公司的"先锋在线药品交易平台"等 15 个项目获得国家创新基金支持。

在江西特康科技有限公司，"生化液体单试剂"等 11 个项目，成为国家级重点新产品计划项目。

在泰豪科技股份有限公司，"H400 系列高速三相无刷发电机"等 16 个项目，被列为国家级火炬计划项目。

2006 年，南昌高新区共有各类技术中心 33 家、重点实验室 15 家、博士后工作站 8 家。

2007 年，南昌高新区已经拥有高新技术企业 212 家，占江西省总量的 60%，高新技术企业的高新技术产品产值占江西省的 57. 1%；软件企业 230 家，软件总收入 30 亿元，占江西省总量的 85%；拥有自主知识产权的专利产品 754 项，列入国家级各类技术项目 400 余项。

　　大批中小企业的研究开发能力大幅度提高，创新、应用、转化能力也不断增强，构成了南昌高新区新型技术创新体系的基本框架，为南昌高新区的又好又快发展布好了局，定好了位。

贯彻执行

深圳靠市场机制创新

2006年1月，全国科学技术大会召开后，深圳市委、市政府响亮地提出：

> 敢于把深圳改革开放25年来积累的财政实力大胆投入到自主创新中去，为今后更长时期的可持续发展奠定坚实基础。

这一决策引起了全市上下的共鸣。因为，自主创新已经内化为深圳人的一种精神。

从20世纪90年代以来，深圳就坚持不懈地走自主创新之路，有力地促进了产业结构的优化升级和经济增长方式的转变，其发展方式发生了一系列深刻的变化。

进入20世纪90年代，深圳的经济增长方式就逐步向"低投入、低能耗、高产出、高效益"转变。

据统计，深圳高新技术产业园区每平方公里的GDP产出超过百亿元。深圳万元GDP的能耗、电耗和水耗分别只有全国平均水平的38%、64.7%和11%。

通过持续推动自主创新，深圳不仅实现了工业发展从依靠"三来一补"向以高新技术产业为主导的转变，而且实现了高新技术产业发展从依赖外资向自主创新为主导的转变。

2005 年，深圳高新技术产业产值达到 4900 亿元，占工业总产值的比重上升到 50% 以上；高新技术产品出口额达 466.91 亿美元，占全市出口总额的 46%；深圳具有自主知识产权的高新技术产品产值达到 2842 亿元，占全部高新技术产品产值的 58%。

自主创新从"星星之火"到"万紫千红"。在深圳，一批致力于自主创新的企业群体、企业家群体和科技人才群体迅速成长。

截至 2005 年底，全市从事高新技术产品研发生产的企业有 3 万多家，其中产值过亿元的达 280 家。除华为、中兴通讯、中集、比亚迪等有代表性的自主创新骨干企业外，一大批掌握了各自领域核心技术的中小型高新技术企业也在迅速崛起。

深圳全社会形成"崇尚创新"的良好氛围，逐渐形成"敢于冒险、勇于创新，宽容失败、追求成功，开放包容、崇尚竞争，富于激情、力戒浮躁"的创新文化。

现在的深圳，90% 以上的研发机构设在企业，90% 以上的研发人员集中在企业，90% 以上的研发投入来源于企业，90% 以上职务发明专利出自企业。

深圳企业在技术创新中的主体地位已经牢固确立，这主要表现在企业是技术创新的投资者、组织者、受益者和风险承担者。

每年，深圳中兴通讯公司确保研发投入，占销售收入的 10% 左右。他们还建立了规模很大、具有较强创新能力的研发团队，并形成了以企业为主导的产学研联合体，同时积极走出国门开展国际合作。

对创新路径的正确选择，是深圳自主创新型企业大面积获得成功的重要原因。

深圳成功的自主创新型企业，都坚持以市场需求为导向，以应用型技术创新为突破口，集中优势资源组织创新活动，在创新产品做到一定市场规模后，再向上下游延伸，形成技术创新与企业发展的良性循环。

深圳同洲电子公司就是在机顶盒技术上，做专业化拓展，研发出高清数字机顶盒等高端产品，并把产品打入全球大部分国家和地区。其目标是在 5 年内成为亚洲最大的数字电视供应商。

深圳之所以能够在自身科技资源薄弱的条件下壮大高新技术产业，关键在于充分发挥了市场机制在自主创新中的作用。

一是自主创新始终坚持发挥市场机制的首要作用。

20 多年来，深圳不断破除影响自主创新的体制性和机制性障碍，通过人事制度改革，最早形成了人才自由流动的机制；通过分配制度改革，极大地激发了科技人员和企业家创新、创造的活力；通过要素市场改革，高新技术企业得以按照市场规律便捷地配置创新资源；通过投融资制度改革，形成了相对完善的创新、创业资金链。

制度创新所形成的市场机制，使深圳具备了在全国乃至全世界配置创新要素的能力和条件。

二是自主创新始终坚持以市场需求为导向。例如华为公司用近 4 年的时间引进、建立了集成产品开发流程和集成供应链，保证能把客户需求及时纳入公司的研发和运作体系。

三是产学研结合始终围绕市场开展。以前很多研究课题是"封闭循环"，现在必须面向市场"开放循环"。论文写在产品上，课题做到企业里，成败市场说了算。

一个典型的例子就是深圳虚拟大学园。这个由深圳市政府和数十家大学合作建立的产学研合作基地，集技术创新、成果转化、公共技术服务及人才培养等功能于一体，创造了"深圳无名校，名校在深圳"的模式。

截至 2005 年底，虚拟大学园共建立不同类型科技企业"孵化器"8 个，"孵化"科技企业 276 家，转化科研成果达 222 项。

深圳市委为了让市场机制充分发挥作用提出了多项措施。

首先是抓战略。从 1992 年开始，深圳市就主动调整产业结构，着力发展高新技术产业。

此后，历届领导班子都坚定不移地贯彻自主创新战略：1995 年，提出把高新技术产业作为第一支柱产业；

2000 年前后，及时提出重点培育本土自主创新企业的战略方针；2003 年，正式提出了建设"效益深圳"的发展思路；2005 年，鲜明地提出"要把自主创新写到深圳发展的旗帜上"，并提出建设国家创新型城市的目标。

其次是抓政策。近 10 年来，深圳市委、市政府及其职能部门先后制定和实施了 50 多个有关鼓励自主创新和发展高新技术产业的规范性文件。

2006 年，深圳市委、市政府的 1 号文件又提出，进一步降低创新型企业"注册门槛"，使深圳成为创新型企业综合营运成本最低的城市，在投融资、技术标准、对外贸易、政府采购、财政资助和消费政策等方面形成协同一致的创新激励政策等。

再次是抓环境。深圳市规划、建设好高新技术产业园区、高新技术产业带以及 40 多家创新企业孵化器，解决了产业集群的空间问题。

深圳市还与国内外 40 多所著名大学合作建立了虚拟大学园，初步搭建了自主创新的公共平台。

深圳市还创建国内第一家高新技术产业投资担保机构和无形资产评估机构，形成了有效支撑自主创新活动的资金链。

深圳市还成功策划、举办了中国国际高新技术产品交易会，缓解了深圳技术输入渠道不畅的问题。

在对企业服务方面，深圳市政府倡导"政府服务的成绩单由企业填写"的理念，全力服务和支持自主创新骨干企业。

深圳市政府专门成立了为华为公司服务的领导小组，市长亲自担任组长。

领导小组下设4个专项工作组，开通绿色通道，主动过问困扰公司发展、企业自身又无力解决的问题。

2005年底，深圳市贸工局增设了"企业家服务处"，让深圳成为"企业家创业的乐园"。

2006年以来，深圳市进一步提出，要使政府部门逐步从科技资源配置的主体转变为资源配置方式的制定者、过程的监督者和绩效的评估者，建立起适应市场经济条件和自主创新要求的科技管理新体制。

黑龙江应用新方法创新

2009 年 8 月 20 日，第三届国际创新方法大会在哈尔滨市召开。

这是国际创新方法大会首次在亚洲举办。科技部副部长刘燕华、黑龙江省副省长孙尧出席会议并致辞。

来自德国、俄罗斯、英国、韩国、日本等国的近 20 位国际级 TRIZ 专家、国内 3 家重点企业、5 所重点高校及各大科研院所的 TRIZ 专家约 300 人会聚一堂，共同研讨 TRIZ 理论在 CAI 发展中的应用。

TRIZ 是什么？这个让大多数人感到陌生的名词一时备受关注。

自 2007 年 5 月国家科技部提出大力开展技术创新方法工作以来，黑龙江省借助地缘优势和与俄罗斯科技合作的雄厚基础，开展了被称为俄罗斯"国术""神奇的点金术"的 TRIZ 理论的推广应用活动。

2007 年 8 月，黑龙江省被国家科技部正式批准为国家首批技术创新方法试点省。

在 TRIZ 理论的推广活动中，黑龙江省科技厅与德国柏林现代 TRIZ 国际学院、北京亿维迅集团、河北工业大学等单位机构建立了长期合作关系，聘请德国籍白俄罗斯专家米哈伊尔·奥尔洛夫教授、北京亿维迅集团公司赵敏总经理等国内外 TRIZ 理论专家开展了多种形式的理论培训。

黑龙江省围绕 TRIZ 理论的宣传、培训、教育、推广应用和国产化，广泛深入开展了推广试点工作。

截至 2009 年，全省共举办 TRIZ 理论专业培训班 27 期，培训人员 2274 人次；举办 TRIZ 理论培训讲座 100 余场，培训科技人员和管理人员 5000 余人；编写了国内首部 TRIZ 理论高校教材，出版简易读本 14 部；还开通了全国第一家 TRIZ 理论专题网站，后来网站点击率已突破 35 万次，在同类网站中居全国第一位。

在东北林业大学等省内大学，TRIZ 理论课已由最初的公共选修课变为 2009 级本科生和研究生修学分的必修课。

2009 年，全省 TRIZ 理论培训工作已基本覆盖省内 13 个地市和政府有关部门和重点科研院所高校、企业等不同层面。科技创新的星星之火，已成燎原之势。

黑龙江省的 TRIZ 研究结下累累硕果，与之伴生的则是专利成果的大批涌现。

在位于开发区的新中新集团总部入门处，一台取代了门卫的"易访通"格外引人注目。

来访者不必手填会客单，只需用身份证在与计算机联网的"易访通"上刷一下，就留下了会客信息，信息同时传递给被会见人。这套会客系统大大方便了写字楼管理，同时也解决了效率低下、证件混乱、人证不符等管理难题。

　　"由于在产品研发中采用了 TRIZ 理论，大大缩短了发明路径，'易访通'系统从构想到上市只用了一个月。"新中新集团总工程师韦秋阳说，"如果采取常规的研发模式，产品从设计到成熟至少要用一年半的时间。"

　　TRIZ 是"发明问题解决理论"的简称，是由俄罗斯科学家根里奇·阿奇舒勒通过对 250 万件发明专利的分析研究，总结归纳出的一套发明创新理论。TRIZ 理论也被称为"神奇的点金术"。

　　TRIZ 理论及方法已发展成为一套解决新产品开发实际问题的成熟的理论和方法体系，成为当今世界公认的指导创新的最佳工具，在欧美及日本、韩国等发达国家得到了极大关注。

　　"没学 TRIZ 之前，总认为搞发明和我们这些搞教学的人无缘。"黑龙江电力职工大学 TRIZ 理论研究中心副教授杨艳秋说，"一旦掌握了 TRIZ 理论，就会改变思维定式，总会琢磨着搞发明。"

　　在参加黑龙江省首个 TRIZ 培训班的同时，杨艳秋根据自己的教学经验提出了"基于资源分析的培训模式设计"。如今，这一设计已获得国家发明专利，而且是国内 TRIZ 理论首次应用在管理领域的一项发明专利。

　　应用 TRIZ 理论加快研发速度，在黑龙江已不是"个案"。截至 2008 年，通过学习应用 TRIZ 理论，全省共申请专利 69 项。

哈尔滨仁皇药业以五味子作为研发重点，由于五味子基础研究已经达到泛滥的程度，要想在此产品的技术开发上占有一席之地已相当困难。

为此，该公司科研人员运用了 TRIZ 创新原理中的 39 个工程参数构成矛盾矩阵、40 个解决技术矛盾的创新原理以及 11 个解决物理矛盾的分离原理，将五味子资源利用到最大化，进行综合开发，创造性地找到了五味子现代中药开发的新途径"五味总脂安神软胶囊"的研制项目，一举成为该行业的领先者。

"授人以鱼，不如授人以渔。"在 TRIZ 理论专家眼中，掌握了 TRIZ 之"渔"，就意味着会收获更多的发明之"鱼"。

"据统计，运用 TRIZ 理论可增加 80% 至 100% 的专利数量，可提高 60% 至 70% 的新产品开发效率，可缩短 50% 新产品上市时间。"黑龙江省科技厅负责人总结说，"随着 TRIZ 理论的普及，这一效果在全省正日益显现。"

专家指出，对于综合科技实力在全国并不占优势的黑龙江省来说，TRIZ 正是新一轮科技竞争的制胜法宝。通过在全省推广这个"神奇的点金术"，在不增加巨额投入的情况下，便可大幅提升黑龙江省的区域创新能力和科技实力。

黑龙江省从此向应用和产出专利进发。

贯彻执行

企业再掀自主创新高潮

2009 年，中国企业又掀起新一轮的自主创新高潮。

当全球金融危机带来的阵阵寒流侵袭着我国年轻高新技术企业时，有些企业却表现出坚忍的耐力，不少高新技术企业依靠自主创新优势在逆境中迎难而上，保持了快速发展势头。

在这个留给我们太多思考的经济"冬天"，他们的经验或对众多中小企业"过冬"有所帮助。

2008 年年底，近百家企业在第七届中国成长百强揭晓盛典暨第十一届成长中国高峰年会上，向世人展示了成功的笑容。

在高科技、电讯、传媒行业的异军突起，更是夺人眼球，来自这些行业的企业以超高的平均成长速度位居百强前列。

其中，迅雷网络技术有限公司雄踞榜首；以差异化定位的酒店服务公司汉庭酒店集团位居次席；明拓集团有限公司的成长速度获得季军。

此外，保罗生物园科技股份有限公司、大连宏光好运来集团有限公司、嘉善众盛金属制品有限公司、上海永进电缆集团有限公司、远东控股集团有限公司、陕西长河实业有限公司、北京碧水源科技股份有限公司等企业也紧随其后。

这一现象意味着，技术创新、模式创新和制度创新，正在成为企业快速成长的关键因素。

国内中小企业管理培训机构易中公司董事长宋新宇认为，我国正不断涌现出数量众多的具有自主创新能力的企业，他们将创新融合在发展的机遇中，把创新变成发展的机会，甚至把危机转化为一种特殊的发展机会。在这些情况下，所有的企业都表现出了顽强的竞争力和发展潜力。

上海张江高新区的华亚微电子，拥有 150 人的创新团队。几个月来团队成员各司其职，"黏"在计算机上设计 IC 芯片。因为要尽快完成方案交给客户推向市场，团队成员经常要工作到 22 时以后。

华亚微电子综合总监、董事刘玮满怀信心地说："创新与产值成正比，我们 85% 的人员都在集中搞研发，2008 年销售额应该有两亿元，能与上年持平，甚至有所增长。"

太原高新区的太原罗克佳华工业有限公司，由于受钢材等金属材料价格上涨、运输开支增加的影响，导致硬件成本增加，对罗克佳华生产的智能 MCC 即高低压成套设备产品，构成巨大冲击，降低了产品利润率。

针对经济形势的变化，罗克佳华积极应对，在智能MCC 的基础上，自主创新，下大力气从事软件开发和系统集成工作，并针对不同行业的不同需求，开发出具有自主知识产权的煤矿 ACC 和环保 ACC。

其中，管理者驾驶舱即管理软件和专家分析系统，为企业和行业管理者提供了有力决策支持。该公司总经理李玮说，现在公司叫停了未来一年的投资并购计划，投资项目大为减少，以确保资金"用在刀刃上"。

然而，当全球金融危机逐渐蔓延到实体经济时，当众多企业遭遇由此带来的发展压力时，到底怎样的做法才是有效的应对策略？

"我认为这次危机正是国内产业结构调整的契机。"澳中贸易促进会副会长林东峰说，"就是要借机下调制造业的比例，提升服务贸易的比例。对企业来说，这个机会显得尤为重要。"

那么企业到底该采取何种应对策略？宋新宇发现，几乎所有的公司在经营模式上都进行了创新，有的甚至作出了根本性的变革。

这些创新中，固然有的是迫于形势，因为经营方式不转变就意味着死亡，但也给整个产业带来了新的发展机遇。还有就是一些企业已经把创新变成了自身的血液，变成了一种自发的经营和发展原动力。

企业在发展过程中总会面临这样或那样的危机，关键是碰到这样的情况时，企业能采取针对性的策略。

在远东电缆有限公司首席执行官张希兰看来，制度管理对企业尤为重要，一定要随国家政策及时更新，不断完善。她表示，为了应对全球金融危机，该公司出台了一系列经营政策。在这个过程中，也有些客户不理解，但事实最终证明，这些做法是有效的，制度创新很重要。

2009年，我国出台了一系列抵御金融危机的措施，其中包括提高出口退税率、放宽贷款限制等。但企业不能守株待兔，在市场经济优胜劣汰的法则下，再好的政策也不会保护落后企业。

众多专家分析认为，对我国企业来说，更大的考验在2009年，而专利成为检验企业"功力"的重要指针。

上海佳动力环保科技有限公司开展以液化石油气为动力燃料的研究，开发建造的全自动动力装置性能测试台和安全性能测试台，成为国内外第一台也是唯一一台关于液化石油气发动机相关的专用试验台。

"危机来临，我们公司拼的是创新能力、创新成果、创新速度。"该公司总经理李建军说。该公司当时拥有获授权或受理的专利30余项。

截至2009年1月，该公司项目实施产业化产值超亿元，带动相关产业实现销售超过20亿元，实施专利授权使用收入超3000万元，专利作价入股98万美元，手中有"粮"，自然不慌。

北京中科前方生物技术研究所，运用先进的科技手段，把低附加值的农产品废弃物变成高附加值的新产品。

该所所长蒋佃水介绍，当时该所已创造了20多项专利技术，由于研究方向面向"三农"，且拥有多项技术专利，所以金融危机对该所影响不大，出口量反而有所增加。有专利撑腰，蒋佃水对企业 2009 年的前景十分看好。

一系列事实表明，自主创新成为高技术企业应对市场风险的重要手段，专利技术成为创新能力的直接体现。

自 2009 年起，我国将在全国所有地区、所有行业推行增值税转型改革，免除企业购买设备等税收负担。

业内人士称，这项措施除了减轻了企业的税负外，还放出了促进企业自主创新、技术升级的积极信号。中央财政为此少收入的超过 1200 亿元，用于支持企业购买新设备来进行产品升级，推进产业结构调整。

随着各项推动企业技术创新的具体政策的落实，各地企业正在加快转型升级，以抵御全球金融危机带来的不利影响。

三、 创新行动

● 1999 年 4 月 28 日，第一台发动机在半夜点火成功时，大家都哭了。

● 张红瑞说："那时不论是在上下班途中，还是躺在床上，满脑子全是各种数据、曲线。"

● 在第二届中、日、韩科技部部长会上，中国科技部长向日、韩两国代表，分别赠送了一份全世界第一款可以手写的电纸书。

何文辉开拓研发轻卡车

1996 年，北京福田汽车股份有限公司成立，成为中国汽车行业的新军。

当时，国内轻型卡车领域已是群雄争霸。很难想象，刚刚涉足汽车领域的福田，能有什么作为。

两年后，就是在这种背景下，从江西手扶拖拉机厂来到北汽福田的何文辉，被聘任为汽车工程研究院轻型卡车所所长，主抓轻型卡车研发工作。

这时的何文辉深知，对福田这个新军来说搞轻型卡车研发难度颇大，但他没有退缩，发誓要为轻型卡车研发作出贡献。

很快，第一代福田轻型卡车就在兑现这种誓言中开始了研发进程。

万事开头难。新军研发轻型卡车经验不足，出现很多问题。何文辉便鼓励大家，搞技术研发，绝不会一帆风顺，有问题不怕，怕的是没信心。不干则已，干就干到底！

他身先士卒，不辞辛苦奔波于国内外，事无巨细，关注着产品研发每一个环节，不断策划协调着造型设计、工程开发以及新产品上线调试工作，解决了一个又一个难题。

何文辉付出的努力终于结出了丰硕成果，时隔一年，福田第一代轻型卡车研发成功，并且很快打开市场，销量一下子雄踞全国第一，为北汽福田在竞争激烈的汽车市场上站住脚跟打下了坚实基础。汽车业内谁也没想到，名不见经传的福田竟能取得如此成就！

拿冠军不易，卫冕冠军更难。何文辉深知，站住脚跟不等于站稳脚跟，出路在于继续创新，开发新产品，特别是高档产品。

于是，从2000年始，何文辉的工作案头上写满了奥铃轻卡、时代轻卡、五星小卡、福田皮卡、超越轻卡、捷运轻卡一串串产品研发名录。

为了提高研发效率，缩短周期，推出这些新产品，从2001年开始，担任汽车工程研究院副院长的何文辉，不断优化项目管理的调度方式，创新工作方法。

何文辉积极推进技术研究院的信息化建设，实现了校核、装配和检验的三维设计，为研发新产品提供了技术保障。他促成轻卡所建立了动力室，为动力系统升级和排放升级奠定了强有力的研究基础。

在何文辉的具体组织下，福田轻型卡车的研发成功率非常高，干一个，成一个。到2005年，1.5吨、2吨、2.5吨、3吨和4吨系列，宽窄两种车身，多个新品种相继上市。

然而，为了这一个又一个新产品的研发，何文辉不知付出了多少辛劳和汗水。他曾爬到样车下面，钻研独立悬架技术；为解决"时代轻卡"行驶抖动问题，他检索了各种关于汽车振动的文献，废寝忘食反复试验。每当福田轻型卡车产品出现一些如换挡困难、发动机下沉等问题时，何文辉总会出现在解决问题的现场。

2004年秋天，何文辉由于过度劳累而病倒了，家人让他多休息几天，但他牵挂着研发工作，病还没好利索，又投入了紧张工作。

一分耕耘，一分收获。在何文辉这个"领军人"的带领下，福田轻型卡车研发一路高歌猛进，销量连续6年位居全国轻卡第一，创出了骄人业绩，为北汽福田仅用8年时间，就走完中国汽车行业其他企业少则10多年、多则40多年的发展道路立下了汗马功劳。

何文辉也因此先后被评为市级经济技术创新标兵、全国职工创新能手，荣获了北京市劳动模范的光荣称号。

朗科不断开发新产品

1999 年，留学归国人员邓国顺与成晓在深圳创办了朗科公司，并投入 500 万元用于研发闪存盘。

闪存盘是世界上首创基于 USB 接口、采用闪存介质的新一代存储产品。

2002 年 7 月，朗科公司关于闪存盘的全球基础性发明专利"用于数据处理系统的快闪电子式外存储方法及其装置"，获得国家知识产权局授权。该专利填补了我国在计算机领域 20 年来发明专利的空白，荣获了中国专利特别金奖及中国专利金奖。

凭着这项专利，朗科所发明的闪存盘专利在深圳迅速产业化，仅用了短短两年时间朗科就实现了销售收入从"零"到"亿"的突破。

IBM 公司曾向用户推荐使用朗科优盘，其后 DELL、方正各大电脑厂商开始掀起了一场捆绑销售优盘的热潮。朗科优盘连续 3 年实现全国销量第一，公司业绩增长保持年均 3 倍的速度，成为全球移动存储及无线数据领域的领导厂商。

在闪存盘专利的基础上，朗科公司又开始了新的技术创新。

2002 年，朗科成立了芯片设计部门，从海外引进外籍资深专家，并投入大量资金和人力，从事具有自主知识产权的芯片开发。功夫不负有心人，2006年，朗科已经成功开发出数款芯片并已经投入批量生产。

随后，朗科又在无线数据通信技术上取得创新，由朗科设计开发的最新一代无线调制解调器产品"优信通"，融合了USB、半导体存储、无线数据通信等高新技术，产品技术具有国际领先水平。

在不断创新的同时，朗科与众多厂家合作，共同促进闪存盘市场的发展，如与三星、IBM、明基等企业建立了长期的合作关系或专利许可合作。

此外，朗科公司积极参与国家闪存盘产品标准的制定工作，并作为核心成员被吸收进国家信息产业部移动存储器标准工作组，共同进行闪存盘标准的制定。

2005年，凭借超稳定技术与智能对话闪存盘等一系列新产品的推出，朗科公司不仅成功领导了闪存盘的全球技术发展方向，更成功地占领了国内移动存储市场的大部分份额。

2006年，朗科公司提出了"新技术、新产品、新战略"的发展模式。他们在成功地取代软盘软驱之后，又掌握了取代光盘光驱的新技术，闪存盘如今又踏上了取代光盘光驱的征程。

朗科公司负责人表示，知识产权是企业自主创新的灵魂。企业一方面要不断推陈出新，另一方面要加强对自主知识产权的控制力，提高知识产权保护意识和应用能力，只有这样企业才能保持旺盛的生命力。

2004 年 12 月，朗科公司的闪存盘发明专利在美国获权，专利号是 US6829672。这是中国计算机存储企业在美国获得的第一个全球基础性发明专利。

时隔一年多以后，朗科公司远赴美国就闪存盘专利侵权事件打起了维权大旗。

美国东部时间 2006 年 2 月 10 日，深圳朗科公司委托美国著名的摩根路易斯律师事务所向美国得克萨斯州东区联邦法院递交了一纸诉状，将美国 PNY 科技有限公司告上法庭，要求 PNY 立即在全美停止生产和销售闪存盘，并且索取巨额赔偿。

而成立于 1985 年的 PNY 公司占美国闪存市场份额前三位，其闪存产品已经开始进军中国市场。

有关专家表示，朗科状告 PNY 是国内企业第一次在境外起诉外国企业侵犯中国企业发明专利权的事件，在当前国内大力倡导自主创新的情况下，具有十分典型的示范效应和现实意义。

朗科总裁邓国顺在北京举行的新闻发布会上表示，激励企业自主创新的一个重要因素，就是要有效地保护属于自己的知识产权。邓国顺表示，完全有信心打赢这场官司。

创新行动

奇瑞自主创新中国车

1999 年 12 月 8 日，一个值得纪念的日子，奇瑞的第一台整车在历尽艰难后终于生产成功。

2000 年 5 月 9 日，四川捷顺有限公司成为奇瑞公司的第一家经销商，首次订购 100 辆，从此奇瑞轿车正式走向市场。

2001 年 10 月 27 日，第一批 200 辆奇瑞轿车经天津港出口叙利亚……

经历了无数的第一次，奇瑞终于脱颖而出。据统计，奇瑞汽车 2005 年累计销售 18.5 万辆，与 2004 年相比，增幅达到 118%，是中国轿车行业历史上第一家年净增超过 10 万辆的企业。

奇瑞汽车有限公司起源于安徽省芜湖市政府的汽车项目，在与一汽合作的幻想破灭后，决定"甩开膀子"单打独斗。成立于 1997 年的奇瑞汽车有限公司，生于国内外汽车业合资热潮的背景下，显得势单力薄。

万事开头难，作为汽车界的"新生儿"，奇瑞并不胆怯，它以消化吸收外国车型起步，并逐步积累企业运行经验。

奇瑞真正的转折点在 2001 年，在给了上汽 20% 的股份后，安徽省汽车零部件有限公司正式更名为上汽奇瑞，并登上了梦寐以求的车辆生产管理目录，获得了久盼的"7字头"目录。从此以后，奇瑞走上了一条模仿、国际技术合作开发和自主研发之路。

1995年，奇瑞就开始策划第一款轿车"风云"，这个车型是模仿捷达轿车的底盘。在一汽大众做捷达出身的尹同跃对捷达的底盘技术了如指掌，而车身则是在模仿的基础上，邀请一家台湾模具制造商福臻公司进行模具开发。这款配有1.6升发动机的三厢轿车，与桑塔纳、捷达和富康"老三样"属同一档次，但价格却低三分之一，在市场一亮相就反响热烈。

"几乎是干成一件事大家哭一把。1999年4月28日，第一台发动机在半夜点火成功时，大家都哭了。我吃的苦也不少，但是，那天只觉得兴奋。在奇瑞我没流过一滴泪。回家也没有。"奇瑞董事长尹同跃感慨万分。

由于"风云"车一下子就打开了市场，奇瑞迅速走上大批量生产的轨道。奇瑞真正对中国汽车市场产生震撼性影响的事件是2003年一口气推出3款新车型，即奇瑞QQ、东方之子和旗云。

事实上，当"风云"刚刚投入批量生产时，奇瑞就开始策划新的车型。一个新企业，从2000年出第一款车型后不到3年，又推出3款新车型，奇瑞技术能力的提速之快令业界称奇。当然，这不得不归功于一支精锐部队。

尹同跃认为，科技创新，自主开发实际上就是一个人才、技术、资源集成的过程。其中人才是决定性因素。

2003 年初，奇瑞汽车工程研究院成立，建立起一支以博士、硕士为龙头，以工学学士为骨干的千人研发队伍，其领军人物、中坚骨干，绝大多数都是汽车行业里的精英干才。

研究领域涉及车身、底盘、发动机、变速箱、电子电器以及工艺材料等各个方面，并承担了"十五"国家"863"计划项目"纯电动轿车"和"混合动力轿车"的研制。

在这一年里，一款又一款奇瑞人自主研发、具有自主知识产权的奇瑞风云、旗云、QQ、东方之子等车型的轿车，源源不断开入市场，走出国门。

在 2002 年 5 月，奇瑞成为中国首例汽车侧面碰撞试验的成功者；9 月，奇瑞成为中国首家通过 ISO/TS16949 国际标准的整车制造企业；10 月，奇瑞投资 7 亿元人民币从德国最著名的专业厂家杜尔公司引进了世界最先进的涂装线。

2004 年 11 月，马来西亚阿拉多公司又与奇瑞签订了价值 2340 万美元的技术转让协议。此举开创了中国轿车行业首次向海外公司收取巨额技术转让费的先例。

2005 年 3 月，奇瑞第二发动机厂建成投产，18 款高端发动机相继问世。

在 2005 年 4 月举行的上海国际车展上，奇瑞汽车派出了 5 款自主研发车型、6 款自主研发发动机，以及首台自主研发无级变速器变速箱的强大阵容，这是奇瑞在技术方面潜心用功 8 年之后最全面的一次实力展示。

2005 年 6 月 16 日，奇瑞汽车研究院成为科技部挂牌的唯一一家国家级节能环保汽车工程技术研究中心。

2005 年 10 月 31 日，装有该发动机的奇瑞东方之子轿车，正式推向市场。这一天，奇瑞汽车发布了被誉为"中国心"的 ACTECO 系列发动机，实现了民族汽车在核心技术领域"零"的突破。

奇瑞的进步有目共睹。2001 年，奇瑞实现全年轿车销售 2.8 万辆的业绩，销售额达 20 多亿元。2002 年，奇瑞轿车销售 5 万辆，销售额为 40 多亿元……

几年的风雨旅程，奇瑞的销售网络与营销模式正在慢慢向国际化靠拢。

2005 年，奇瑞汽车销售网点有旗舰店、标准 4S 店和单独服务店，特许销售网点覆盖了全国。伴随着在国际市场的精彩表现，奇瑞先后在叙利亚、伊拉克、伊朗、埃及、孟加拉国、古巴、马来西亚等全球近 20 个国家建立了经销服务网点。

就在正式上市的第一年，奇瑞意外接到出口叙利亚的第一笔 200 辆奇瑞订单之后，出口销售便一发不可收拾。在进入中东市场后，东南亚、拉美等地区也进入了奇瑞的视线范围。2005 年，奇瑞海外全年出口轿车 1.8 万余辆，位居全国第一。

继叙利亚之后，奇瑞紧接着在 2001 年年底与伊朗

SKT 公司确立了合作关系。经过一年多的报批、审核，此项目在 2002 年底获得了伊朗政府的生产销售许可证。

2003 年 2 月，奇瑞又与伊朗 SKT 公司在芜湖正式签订了合作协议。通过与 SKT 的合作，奇瑞实现了建立海外工厂的第一步。

2004 年 11 月中，奇瑞又与马来西亚一家公司签署了技术转让及汽车出口合同，从而进入东盟市场。当时这家位于马来西亚的工厂可以制造、组装并销售奇瑞提供的多种车型。

2005 年，中国汽车大举进军海外市场，尹同跃领导的奇瑞也进入了更为理智的时期。

奇瑞这个中国人自己的民族品牌，正在并且还将继续不断创造历史。

高校涌动科技创业潮

2000 年 1 月 9 日，在教育部召开全国高校技术创新大会之际，往日平静的校园，变得有些不安分，一批大学生正在跃跃欲试投身产业。

清华大学、北京大学、南京大学、西安交大、上海交大等国内著名高校纷纷举办大学生创业计划大赛，其中一些佼佼者获得了企业的投资。

因此，中国大学生中涌起一股科技创业潮。

大学生创业计划竞赛是由清华大学首先发起的。

1998 年 5 月，首届清华大学创业计划大赛举办，一时成为中国社会各界关注的焦点之一。

大赛历时 5 个多月，共有 320 名同学组成 98 个竞赛小组递交了 114 份作品。大赛优秀作品于 1999 年 5 月 23 日进行公开拍卖。

大学生创业计划竞赛在美国高校由来已久，从某种意义上说，它已经成为知识经济时代美国经济的直接驱动力量之一。

中国大学生中不乏创业人才，如视美乐科技发展有限的公司，就是中国第一个由在校学生创办的公司，公司的核心成员成为中国第一个敢"吃螃蟹"的人。

在当时，22 岁的清华大学材料系三年级学生邱虹云，为了参加第二届创业计划大赛，用 4 个月的时间完成了他的作品"多媒体超大屏幕投影电视"的前身。

他参加了第二届创业计划大赛，并以清华最优秀的 5 个团队之一的身份进入全国创业大赛的决赛。

在产品完成后，邱虹云准备将其以 10 多万元的价格卖掉，此时，自动化系五年级学生王科，说服他放弃卖的想法，他们合作成立了公司。

博创公司是由熊卓、吴占鸣、毛军华等清华、北大的学生创建的公司，他们生产的激光快速成型系统，填补了国内的一项空白，国际上也刚刚起步。

参加大赛的 4 个团队视美乐、Fanso、乐都、博创都获得了风险投资。

犹如美国硅谷的崛起有赖于斯坦福大学的创业活动一样，清华的创业者们在中国首创的创业计划大赛，为千百万中国青年开辟了一条新路，成为 21 世纪最亮丽的一道风景。

神威药业不断创新

2005 年 10 月，国家统计局中国行业企业信息发布中心，发布全国工业重点行业效益十佳企业统计信息显示，神威药业入选全国中药工业效益十佳。

2006 年初，神威药业董事长李振江，也被评为"中国医药 2005 年度十大最具锐力人物"。

从创业初始只有 1 台拖拉机、两口大缸、3 排平房、4 亩地的校办工厂，到如今神威药业已成长为全国医药百强企业、全国中成药十强的现代企业。神威药业在风云变幻的中国医药市场中，能成为常胜将军，离不开一个动力，那就是产品不断创新。

神威药业创立之初的产品只是十滴水、脚气水等简单的产品，年产值不足百万，惨淡经营。

从 20 世纪 90 年代初开始，以李振江为首的神威领导层，认识到我国企业发展西药方面存在的劣势，重新寻找市场定位，运用创新性思维，果断决定进行企业的战略性结构调整和转移。

从一开始，公司就改良了传统中药的丸散膏丹等剂型，而引入软胶囊、注射液等剂型，使中药旧貌换新颜。

此后，公司陆续生产出软胶囊、注射液、颗粒剂等三大剂型 50 多个品种，形成了独具特色的竞争优势，以

现代中药探索者的新形象脱颖而出。

神威把传统的大蜜丸变成浓缩丸，服用量不及蜜丸的五分之一；为照顾不同患者需要，将有糖颗粒用先进的喷雾干燥技术制成无糖颗粒。传统的藿香正气水疗效显著，但含有大量酒精，又苦又辣，服用量大，让人望而生畏，神威通过中药浓缩工艺将苦口的药液用明胶包裹，制成软胶囊，深受欢迎。

神威药业还创造性地开展中药注射液生产研究，迎难而上，经过大量技术攻关，把传统中药安宫牛黄丸，研制成清开灵注射液，改口服为静脉输液，适应症更广，消除了中药见效慢的错误意识，被称为中药抗生素。

为了提高产品质量，神威在中药提取这一关键环节上，一改过去单纯靠人工判断、手工操作、水煮醇提、规模不能扩大的落后状况，在国内率先采用工业集成和自动控制技术。

这种技术，将多种领先工艺组合运用到中药提取、浓缩、纯化过程中，提高中药提取的精度和纯度。因此，这一项目被国家发改委列入国家中药制剂先进工艺集成及生产过程自动控制高技术产业化示范工程。

在 2002 至 2004 年，神威药业的销售增长率突破132.54%，顺利进入国内制药业的第一梯队。

2005 年，神威药业借上市之势飞速发展，依靠独特的中药注射液、软胶囊、颗粒剂优势，经营效益稳居中药行业三甲之列。中药注射液、软胶囊优势继续扩大，产品市场占有率不断攀升，参麦注射液、清开灵注射液市场份额已占半壁江山；五福心脑清软胶囊也在竞争激烈的中药理血类产品中占据十强位置。

2005 年 1 月，能使神威药业的中药提取能力增加到原来的 3 倍，规模和技术水平创国内之最的中药提取车间二期工程正式投产。

3 月，神威药业定位为国内一流水平的现代化、全自动化、智能化、信息化的大型物流中心工程正式开工建设。

9 月，神威药业研发中心工程正式开工建设，成为神威药业未来的研发及中试中心。

12 月，新建注射液车间正式开工，采用先进工艺，大大提高注射液产能，巩固神威药业在中药注射液方面的领先优势。

而与此相并进的是，神威药业在新药研发和新产品上市方面取得了一系列显著成果。

2005 年，神威药业研发成功的国家级中药新药血塞通滴丸、舒筋通络颗粒相继顺利通过国家食品药品监督管理局审批，获得了新药证书和生产批件，并于 6 月顺利投产。

9 月，神威药业脂可平降脂通络软胶囊获得由国家科学技术部、国家商务部、国家环境保护总局、国家质量监督检验检疫总局四部委联合颁发的国家重点新产品证书。

11 月，神威药业承担的国家高技术发展研究计划，"脂可平降脂通络软胶囊课题"顺利通过科技部组织的专家组验收。

……

神威药业创新发展之路还在不断进行着。

冯军用创新产业报国

1992 年，刚刚毕业于清华大学土木工程系的 23 岁的冯军，在中关村开始了自己的艰辛创业，并于 1993 年成立了华旗资讯科技发展有限公司。

"华旗"取"中华的旗帜"之意，从这个名字里我们可以感受到一个血气方刚的大学生的创业理想和报效祖国的炽热情怀。"华旗"承载了这个全新高科技企业的企业精神和报国理想，因此后来冯军把自己的产品品牌也定为"爱国者"。

2004 年 10 月 21 日，太原卫星发射中心。当"长征－4 乙"号火箭带着"创新 1 号"卫星升空的一刹那，冯军心中充满了感慨，一股民族自豪感震撼着他的心灵。

那天，华旗资讯集团总裁冯军受中国科学院特别邀请，观摩了由该院自主研制的中国第一颗低轨道短数据通信技术试验小卫星发射。

一个月后，冯军又代表华旗与"神舟五号"飞船副总设计师杨宏、中国载人航天工程运载火箭发动机主任设计师谭永华等，共同站在了团中央、全国青联颁发的第六届十大"中国青年科技创新杰出奖"领奖台上。

2005 年 10 月 17 日，"神舟六号"载人航天飞行获得圆满成功，令所有华旗人备感振奋和自豪，因为华旗

"爱国者"承担了"神舟六号"录音和存储装置的研发任务及设备提供。

在"'爱国者'圆满完成'神六'录音及存储任务表彰会"上，"神舟六号"飞船系统副总指挥尚志颁发给华旗总裁冯军的荣誉证书上写着："'爱国者'提供的录音及存储装置，在'神舟六号'5天的飞行过程中，性能稳定，圆满地完成了任务！感谢你们为'神舟六号'飞船作出的贡献，希望你们再接再厉，自主创新，产业报国，为祖国作出更大的贡献！"

对此，冯军非常激动地说："在'神舟六号'的研制中，中国依靠的完全是自己的技术、自己的制造业。它的成功，不仅大大提升了中国在国际上的影响力，而且进一步增强了国际上对中国技术与产品的信赖，对中国的民族品牌走向世界，也起到巨大的推动作用。在激动之余，我们也深切地意识到民族企业所肩负的历史责任，希望与越来越多的民族企业一起，自主创新，产业报国，让中国创造成为全球华人共同的骄傲。"

作为一家民族企业，华旗资讯的目标是打造"令国人骄傲的国际品牌"。从2000年推动中国移动存储市场形成以来，华旗的移动存储已通过高质优价，取得了用户的信任和喜爱，在全球市场销量第一，国内市场销量连续3年遥遥领先，成为中国第一个大规模领先于国际市场的IT产品。

"爱国者"MP3随身听，上市仅一年即实现国内市场占有率第一，垄断此领域长达三四年之久的众多韩国品牌远远地甩在了后头，成为 IT 消费类电子产品领域首个领先于众多国际对手的民族品牌。

如今，华旗已经拥有 DIY（我自己动手做）、移动存储、数码、网络、新事业在内的五大产品群组，包括"爱国者"移动存储、显示器、数码、外设、网络等一系列产品。

华旗总结出国际化必备的两个要素：一个是"高质优价"，一个是建立在本土市场基础上的"稳固的民族根据地"。

作为推广"爱国者"这个民族品牌的激情之师，冯军及其华旗人将以"执著、六赢、数一数二"的精神，致力于与众多民族品牌一起，走出国门，最终形成一批在国际市场纵横驰骋的"中国名牌"，开创全球 IT 产业的中国时代。

海尔创新管理造就品牌

2006 年，海尔公司开始实施一种自主创新的全新的管理模式。

"T 模式"是海尔自主创新的一种全新的管理工具。T 是英文单词 Time 即时间、Target 即目标、Today 即日清和 Team 即团队的第一个字母。

"T 模式"简单地说就是：每个人、每个部门把实现自己市场目标的时间定为"T"日，然后再确定"T"日前要做哪些预算，"T"日后要进行哪些方面的闭环优化。

"T 模式"只是海尔"三全"创新的内容之一。按照零距离、零库存、零逾期的要求，依据价值、利润、数量达到最大化的标准，海尔强调要进行全员的、全流程的、全面的创新，最终实现创世界名牌这个终极目标。

为此，海尔在全员创新方面实施了全新的人单合一模式。人单合一的"人"指的是每一个员工，也就是每一个自主创新的主体；"单"是有竞争力的市场目标；人单合一就是每一个自主创新的主体与第一竞争力的市场目标的合一。

海尔认为，企业不单要有技术创新，还要有观念创新、组织创新、管理模式创新等等，这就是全面创新的概念。全面创新最重要的就是观念创新，要把过去赖以成功的那些思维定式统统抛弃，只有这样才能突破自己的极限。

海尔诸多独一无二的创新产品，都是在观念创新引导下进行技术创新的产物：双动力洗衣机，开创了世界上第四种洗衣机的先河；双向换新风空调，改变了用空调便影响室内空气质量的认识。

创新中，海尔特别强调创世界名牌这个目标，按照创世界名牌必须达到的素质标准，海尔要求每一个人都要成为这个环节里全球最优秀的那一个。现在达不到，就确定一个目标，用倒推法分解到每一天。

"把出现问题的设备尽快维修好"。以前，海尔洗衣机设备事业部的维修工，认为做到这一点就算是尽职尽责了。

但是，推行"T模式"后，他们的思路从停机"动手术刀"转变为提前"打预防针"，即对于设备维修工，"T模式"目标就是设备在生产时不能出现故障停机，保证产品订单的"零延误"。而要做到"零延误"，必须在设备停机前就清楚可能导致停机的问题在哪里，及早处理。

为此，维修工吕顺忠制作了一张"T模式"表，把自己负责的总装线上的每个零部件都做了标记，制定了详细的检测时间和更换预算表，在一个零部件即将到其使用寿命周期时提前更换，而不是等坏了造成停机后再更换。

"T模式"要求不单每个人每天要准时完成分解的目标，而且要形成团队的合力，实现企业总的目标。

以维修工的"T模式"为例，每个维修工都有自己的"T模式"。一个洗衣机生产线有许多维修工，这些维修工小的"T模式"综合起来，优化之后就形成了洗衣机设备支持处处长的大"T模式"。

这种企业全系统精准化的管理工具，使海尔由数万个不断上升的创新主体会聚成一个庞大的、动力不断增强的自主创新企业。

以"三全"创新为先导，以"T模式"为工具，海尔正按照国际上对世界名牌的标准定义，进行数字化分解。

在海尔的信念中，通过"三全"创新，还要实现企业内部和外部的和谐，这个和谐体现的就是多赢的结果。海尔认为，建立在多赢基础上的世界名牌，才是真正的世界名牌的境界。

中兴开创自主创新之路

1985 年，侯为贵只身一人来到深圳这片热土。那时这里最热门的生意是"来料加工"或者代理国外品牌销售。创业之初，侯为贵也别无选择地走上了这条路。

在当时的条件下，这不失为理想的生财之道。在当时的深圳，光代理国外通信设备品牌的公司就有近 40 家，而且生意似乎都还挺红火。侯为贵和他的创业伙伴们成立的公司成了其中的一员。

但时间稍长，侯为贵就发现这不是长久之计。"跟在别人屁股后面，完全依附于别人，生存和发展的主动权基本没掌握在自己手里，很难做大！"

于是，当公司赚到了在当时来讲颇为可观的"第一桶金"300 多万元后，侯为贵开始谋划投入资金开发自己的产品。

于是，也产生了侯为贵与创业伙伴或股东们在这一点上的严重分歧：因为侯为贵想把这 300 多万的大部分拿出来搞研发，以开发自己的产品，而更多的人希望把它全部分掉。

这个想法得不到更多的响应还有一个很重要的原因：大家觉得成功的可能性微乎其微，因为当时通信设备全是国外产品，国内企业自主开发还没有成功的先例！

没有什么能阻止侯为贵"铤而走险"！中兴在自主研发上的第一个灵感来源于一个外商的启发，侯为贵从与这个外商的接触中捕捉到：交换机将是微机技术在通讯行业中的一个有前途的应用，他决定就从这里入手并由此迈入了自主开发程控交换机的大门，尽管他在此之前尚不知道交换机为何物，甚至不知道电话是怎么打通的。

在一片质疑和反对声中，侯为贵还是坚持要上。事实证实了侯为贵的预见是正确的。在当年深圳的近40家通信设备从业公司中，只有中兴和华为巍然屹立，其他则不见了踪影。

公司第一部作品ZX－60交换机是很成功的，由于20世纪80年代初的中国，已提出了优先发展通信业的政策，ZX－60和后续开发的该系列产品，在农用网市场出现了"签单都签到手发酸"的盛况。但是，初战告捷并没有让侯为贵在自主创新的"后续动作"上减少多少阻力。

在公司准备研发局用数字交换机时，许多人依旧不理解。当时质疑的理由其实也很"充分"：企业尚小，技术力量薄弱，绝大多数人连数字交换机都没见过，没必要去承担那么大的风险。

南京研究所是中兴第一个真正意义上的企业研究所，它研发成功的万门数字交换机，对中兴的贡献举足轻重，但是，当时它的组建遭遇的阻力之大也是空前的。反对者认为，这不仅要有很大投入，而且因为在异地，会增大管理难度，风险巨大。

侯为贵依然义无反顾并且取得了胜利。在当年南京两家很著名的院校断言肯定做不出来的情况下，南京研究所只用一年时间，就成功地开发了万门交换机。而国外同行阿尔卡特的开发花了 12 年，投入了近 10 多亿美元。

一连串的胜利不仅让中兴尝到了甜头，也教育了一些原来对自主创新持怀疑态度的人。中兴顺理成章地将自主研发列为公司的战略，股东和公司上下对自主创新的认识达成了高度统一。为了使这一战略得到不折不扣的执行，公司硬性规定：每年将销售额按固定比例 10% 投入研发。

自中兴 1997 年开始上市，尽管开始也有一些对行业不了解的股东质疑中兴以如此高的比例投入研发，但随着专业机构的投资者的增加，对行业的深入了解使他们总是担心"这个比例是不是太低"。

公司高级副总裁史立荣认为，因为有了自主研发，有了自己的知识产权，中兴才有了竞争力，才积累了品牌和市场。所以，"不仅是从公司发展的需要，而且是从生存的需要，自主创新作为公司生存与发展的一条生命线，将咬定青山不放松！"

"既不是单纯的技术研发能力，也不是单纯的市场能力，而是技术与市场结合的能力！"每当有人问起中兴的核心竞争力时，侯为贵总是如此回答。每个行业对技术的侧重点不同，"企业自主创新不应该是关起门来搞研究，其成功的标准应该是研究出来的东西，是否被市场所接受，而不是满足于发表论文或通过鉴定！"

在中兴实际上有一个未成文的规定，那就是让研发人员无条件满足市场人员的要求！对此，尽管几家全球知名的管理咨询公司的专家对此提出了质疑，提醒中兴过于迎合客户的需求，会造成研发资源的浪费等等，但公司领导的答复仍是坚决地"不想改变！"因为"我们就是要做到第一时间满足客户的需求"。在他们的眼里，追求对市场更准确的判断和对用户需求更深入的理解才是最重要的。

为使研发触角伸到市场一线，技术中心无线产品总监王允宽介绍，公司要求骨干研发人员花50%的时间去接触市场，以做到"研发平台前移"。

培养自己对市场的判断力，在中兴已上升为文化层面上的内容，无论是市场人员还是研发人员，都已成为其自觉的要求和行动。

2006年，在中兴总部所在地深圳高新技术产业园区，一栋38层高耸入云的大楼，对人的视觉形成强烈的冲击。

"这里入住的将主要是研发人员！"公司企业文化部负责人介绍，在南京和上海，中兴都拥有当地最好的企业级研发大楼。"公司通常把最好的办公条件留给研发人员！"他颇为此自豪。因为，中兴对技术人员的激励，做了力求完美的制度设计。

在中兴公司两万多名员工中，研发人员已超过40%，已形成了万人级的研发队伍，并且80%以上具有研究生学历，这样的比例与国际知名的高科技公司已完全"接轨"，是中国规模最大、最具创新能力的企业高科技研发团队之一。

自1999年起，中兴通讯承担了多项国家863计划研发课题，涵盖了信息领域通信主题中的第三代移动、高速数据、综合接入业务和光传输四大热点及跨领域高速信息示范网主题及信息技术领域信息安全主题、集成电路、软件等近20项863主题和专项。其中除"十五"计划的12个课题在建外，其他几项中兴通讯都实现了以优异成绩验收结题并实现产业化。

在2006年，中兴公司的自主创新已步入了新境界，中兴已构建了有利于自主创新的"生态圈"，在这个"生态圈"里，不仅是某一个环节或某一项制度、方法的创新，而且是系统性的创新。

在近20年的历练和积累中，自主创新早已内化为中兴公司的方法、行动和文化。在我国企业面临自主创新的新一轮出发或挺进的高潮之际，中兴已悄然在此方面树立了极为难得的成功样板！

振华港机成为创新先锋

2006 年 1 月，在全国科技大会上，上海振华港机"新一代港口集装箱起重机关键技术研发与应用"项目获得 2005 年国家科技进步一等奖。

在 2006 年，上海振华港口机械集团股份有限公司已成世界闻名的大型集装箱机械制造商。

在中国集装箱起重机还完全依赖进口时，振华港机领导人管彤贤和田洪他们就立下了誓言：

世界上凡是有集装箱作业的港口，就应有中国生产的集装箱机械作业。

振华港机不是仅仅关起门来搞自主创新，而是采取各种可能的方式与途径，同起重机制造强国的世界一流强手进行技术合作，短短几年内就实现了从引进技术到消化吸收、二次开发，并通过技术上的再创新而拥有自主知识产权的跨越。

当时，国内最早从事集装箱作业的是天津港、上海港等港口，起重机绝大部分是高价从这些国家进口的，很多进的还是二手设备。国内起重机生产企业为数不多，缺乏设计集装箱起重机的经验，制造能力和生产水平达不到要求，产品甚至还不如人家淘汰的二手设备。

巨大的差距更激起振华港机创始人、总裁管彤贤的斗志。1992 年，他带领 10 多位志同道合者以 100 万美元起家，创立了振华港机公司，起名"振华"当然就是要振兴中华，振兴中国的港机事业。

那时，田洪大学毕业已 7 年，在国有企业上海港机厂从事设计工作，参加过多种港口起重机等产品主要部件的设计，是国内将差动行星减速器技术成功应用于港口机械的首创者。他很清楚中国重型机械制造业与世界的差距，但他更相信，他们一定能够赶上来，超过去。

那时的振华港机资金缺乏、技术落后、人才短缺，国际港机市场根本不相信"中国制造"，拒绝承认振华港机的竞标资格，振华举步维艰。

但是，管彤贤依然自信，他自信振华抓住了一个好市场，这是个集装箱运输新时代，船舶大型化更要求起重机快速装卸；他更自信振华港机形成了一个用人的好机制，人才到振华港机来重新认识人生的价值；他自信能做好的，就是不断自主创新，那是支撑公司发展的不竭动力。

管彤贤挂在嘴边的一句话是"没有世界领先的技术，就敲不开世界市场的大门"。

初次到振华港机的人都会为同一件事惊讶：产品之先进与专家之年轻。只有振华港机在世界各国的客户知道，它有一支没有胡子的技术专家队伍。

有一次，振华港机去美国某码头参加投标会，对方总经理一见振华港机的谈判人员就不干了，马上给管彤贤打电话，抱怨公司太不重视他们的项目，派来的人都是没有胡子的年轻人，让项目方心里颇感不踏实。管彤贤请他放心，说尽管他们没有胡子，但个个久经沙场。总经理哪里能放心，和同行们抛出一个又一个刁钻问题"为难"他们。

结果，这些刁钻的问题没有一个能难倒这些年轻的工程技术人员，项目也顺利中标。

田洪有过更艰辛的经历，他称之为"磨难"。在振华港机刚成立不久，1995 年时任技术部副主任的田洪，被公司派往美国奥克兰港主持世界上首创的刚性连杆的大梁折臂式岸边集装箱起重机的开发，那一年田洪刚满 31 岁，而和他一起前往的平均年龄不足 26 岁。

那是振华港机在国际市场上获得的第一个真正意义上需要全部由公司自行创新设计的新产品，喜欢挑战的田洪很有信心地领命而去。

没有想到第一次打交道的美国合作方根本就不信任年轻的中国团队，用户请来的美国咨询审查公司由世界知名资深工程师团队组成，两个月的设计审查期间，一直在和田洪他们"较量"。

设计的难点首先在于一切必须按美国的工业规范来，那规范又多得一时不可能全部熟悉，曾有一家日本公司因设计不符合美国规范，被迫返工，损失 7000 万美元。

其次，在于振华的设计立足推进国内配套件的应用，美国合作方不放心，一定要用他们指定的配套产品，除非你能提供出有说服力的资料。振华港机动员公司力量全力配合在美国工作的田洪他们。

最重要的是，这是一个令世界港口都瞩目的新产品。以往由美国设计，日本、韩国制造的折臂大梁式岸边集装箱起重机的大梁折臂技术，均采用的是钢丝绳缠绕形式，弊端很多。奥克兰港希望设计方案采用刚性折臂式技术，但如何让大梁"折臂"，"折"成什么样的，谁都心中没底。

为了省时间、省钱，田洪他们在港口附近租了一幢华人别墅，吃住工作都在里面，醒了就干，累了躺一会儿起来再干。白天开会，晚上和后方的管彤贤越洋讨论美方意见，几千张图纸要审核，每两三天提交一次图纸，为获得一个技术认可，再三修改，每次改完图纸，多么晚都得赶去唐人街复印。

每天这样没日没夜地干，最紧张时一天只能睡三四个小时，田洪更是连续几个通宵地干。这帮年轻人累到想哭想叫，但最后还是咬牙坚持了下来。他们明白，他们是要为中国工程师的荣誉而搏。

美方人员断定振华港机的开发严重脱期，提出中止协议。按他们估算，这样的开发最少需要投入七八十人，费时四五个月至半年。而振华港机在美的工程师再加上国内的技术人员才 20 人左右，要想在三四个月内完成研

创新行动

发设计，在他们看来是不可能的。

持续不断争论中，双方都拿出了最关键的大梁折臂技术方案。田洪的方案首创的刚性连杆的大梁折臂方案更可靠更经济更合理，终于赢得港口和咨询公司一致好评，成为此后振华港机产品大举进入美国市场的通行证。

结局是完美的，美国这家咨询公司与振华"打"成了合作好伙伴。新产品获"上海市科技进步奖三等奖"、上海市高新技术成果转化项目，还列入1998年度国家重点新产品计划。

奥克兰之行很苦，但田洪和他的伙伴们现在回忆起来都说，那是他们成长最快的时期，不仅学到很多东西，还磨砺了意志。现在，他们中的很多人都已经成长为技术和研发部门项目带头人。

2000年，德国汉堡港向世界招标全自动化双小车岸边集装箱起重机的开发。德国是世界起重机设计和制造的故乡，汉堡港的这个码头是当今世界集装箱码头技术含量最高的全自动化码头，对起重机技术要求的苛刻可想而知，德国汉堡港务局高层到处考察之后，锁定振华港机。

振华港机先后派出几批专家和技术人员去汉堡考察，回来后最多的感叹是德国产品世界一流很难突破。作为全自动化码头起重机，也需要实现全自动化无人操作，即使是外行人也明白，这样一个全新的高科技产品技术开发和设计难度有多大！

这时的田洪已是公司主管开发的副总工程师，他也去汉堡考察过，知道如果再赴汉堡，等着他的是另一次"磨难"。但喜欢迎接挑战、不服输的性格让他坐不住，他说，这次他是主动请缨。他担任项目总设计师和技术负责人，带着 10 多个工程师奔赴德国，还像几年前在美国一样，住地就是办公室，干活连轴转。

按常规应该是项目设计好，图纸由德国国家技术监督局工程师审查后盖章，再在中国投产，建成后整机运到汉堡安装调试。德国人也知道项目时间很紧，按常规行事恐怕不能按期完工，所以格外"通融"，不需要其认可就可以在中国按图纸开工，但若在随后的图纸审查中发现问题责任自负。

没有类似设计资料可以参考，只有捧着现场考察时拍到的设计有欠缺的起重机的照片反复揣摩，还得小心避开外国的专利保护，每天他们除了和管总探讨，自己也要争论到深夜。

这样没日没夜地苦干了一个半月，他们完成了产品的设计工作和关键部件的创新工作。突破传统思维模式后，他们去繁就简独辟蹊径，先后攻克两部接力式小车自动对位、自动识别、自动纠偏和双车协调控制等关键技术，装卸效率提高 30% 以上。

在设计投产后，德国派出了一名最为苛刻的老结构工程师，专门到振华的江阴和长兴研制生产基地挑毛病。他经常和田洪争论，有时是田洪讲道理说服他，有时说服不了，只能激他签字看谁更占理，他不敢落笔，但开始信任振华港机了，最后他说，只要田洪说行，他都敢放行。

在代表全球最高水平的项目中，振华港机再次为世界集装箱起重机市场树起了一个令中国工程师骄傲的精品。

如今，这种新型双小车起重机已为汉堡港供货 16 台，登陆法国诺曼底港 5 台，创汇达 1.4 亿美元。项目被评为 2002 年度上海市"科技进步奖一等奖"、上海市重点新产品、2003 年国家重点新产品和"2004 年中国国际发明展览会金奖""2005 年中国国家机械工业科技进步奖一等奖"。

振华港机首创的超级电容集装箱起重机，可以节能 30% 左右、消除黑烟污染、降低噪声 4 分贝。这种绿色环保型起重机一问世，就引起欧美用户的普遍关注，用户纷纷要求下订单。

振华港机首创全球卫星定位 GPS 集装箱起重机，把原先只能精确到公里的 GPS 改进成了误差小于 15 毫米的新系统，对解决准确装卸货物这一难题起到了关键作用。庞大的起重机从此可以以每秒 6 米的速度直奔目的地。

一年后，这项技术在全世界范围内申请到专利，振华港机一举成为世界集装箱起重机领域的技术领跑者。

这一项目的研制开发，已被认为是业内最具冲击力的创新，其技术附加值最具含金量，世界港口集装箱码头向自动化进军的新篇章就此揭开。

如今，世界市场大门为振华港机而开，只要振华港机去竞标，日本等同行企业夹起包就走人。振华连续拿到美国东西海岸5个合同时，英国专业杂志《CargoSystem》头版标题醒目地写着"ZPMC（振华港机）席卷美国"，ZPMC进入欧洲六国，该杂志又惊呼："振华尽收欧洲订单。"

现在，从旧金山到西雅图，从阿姆斯特丹到迪拜，在全球所有的重要港口，均可以看到振华的ZPMC标志。因为振华港机，我国已从大型集装箱起重机进口国变为世界最大的出口国；围绕着振华港机，我国已形成一个比较完整的集装箱起重机产业链，国内中小机电配套企业在港机这个龙头企业的带领下，开始进入国际市场打拼天下。

自主创新是企业发展的灵魂，自强不息是自主创新的精髓。短短14年里，奋发图强的振华港机创造了企业超常规跨越式发展的奇迹：技术由模仿型走向创新型，产品从默默无闻跃升至世界知名品牌，振兴了中国港机事业的振华港机同时振奋着我们的民族精神，振华威震中华名扬世界。

自主创新助力博洋发展

2006 年，国内经济经过 20 多年的高速增长，加上入世后国际化影响的加剧，中国经济和中国企业所面临的挑战和矛盾越来越多，其中纺织服装产业尤为突出。

有人这样描述当时国内的纺织服装业：产量严重过剩，竞争过度，经营秩序混乱；在国际贸易中，处处受制打压，赢利能力和竞争力越来越弱，明显处在一个产业面临调整提升的转折点上。

宁波博洋集团却利用产业、品牌以及商业等三大创新战略，成功闯过这个转折点，令业内人士刮目相看。

在行业普遍不景气的情况下，集团内服装、家纺板块销售同比增长 85%，成为宁波纺织服装业的新亮点。

2006 年，博洋集团在安徽宿州还收购了大型纺织企业，延伸产业链，建立自己的纺织服饰物流基地，并正式投产，为集团快速增长的家纺、服饰板块提供保障。此外，集团在收购控股三家上万平方米的商场后，又启动新一轮"品牌商业"计划，以长三角为龙头，志在掌控一条属于自己的商业链。

博洋集团董事长戎巨川说："这'三大创新战略'，看似简单，却有着相当丰富的内涵和令人惊奇的爆发力。"

"每一次危机来临的时候，我都把它当作一次崛起的机会。"戎巨川说，"其实早在 10 年前，企业就面临过这样的转折点。"

当时，国内纺织业面临内外主场的突围，找不到好的突破口。在分析国内、国际纺织市场形势后，戎巨川独创性地提出"中国家纺"产品的概念，使博洋家纺品牌在国内一炮打响。国内纺织业不仅走入一片崭新的产业园地，博洋自身也成为名副其实的中国第一家纺品牌。

如果说博洋家纺的成功，完全在于其原创性地在国内率先提出"家纺"概念。那么，博洋服饰板块在短短六七年间的迅速崛起，扬名全国，则完全是在产业转折点上创新的经典之作。

在 1998 年、1999 年间，宁波的服装产业在全国可谓声名显赫：杉杉西服、雅戈尔衬衫、罗蒙西服都是国内服装界的"大佬"。但也有人说，宁波服装过于沉重，不够休闲，除正装西服、衬衫外，就没有其他服饰产业。

戎巨川当时也意识到了这一点，他认为当人均 GDP 开始向 3000 美元进军的时候，服饰休闲化趋势不可阻挡。于是，博洋利用原有唐狮服饰品牌作基础，把目光瞄准大众化的休闲服饰品牌，利用虚拟化的经营手段，成功打造出了唐狮、艾夫斯、德玛纳、涉趣等一系列休闲服饰品牌。而且，"唐狮"已成为国内一线服饰品牌，单品销售超过 10 亿元，博洋服饰板块也成为当今宁波服装界最鲜亮的色彩。

在家纺、服装两大产业发展相当成熟、产业品牌已成规模经营之际，戎巨川又大胆实施做大产业链的关键一步：2004年底，在全国交通辐射中心地，即安徽宿州收购大型纺织企业，建立自己的纺织服饰生产及物流基地。

同时，博洋集团还实施品牌的创新战略。

唐狮、艾夫斯、德玛纳、涉趣……这些风靡市场的品牌，如果不是去特别关注，谁都不会知道它们都是博洋集团旗下的品牌。像这样，相对独立成长的单一品牌在博洋有很多。

戎巨川说，不论在家纺，还是服装板块，单靠一个品牌占据所有消费者的市场，不现实也不可能。所以，一开始，博洋就实施在两大板块中，打造多个品牌的创新战略，根据不同的需求层级，打造具有差异化的不同定位的品牌，这也是博洋品牌创新的核心所在。

自2002年起，由董事长戎巨川领衔的博洋集团决策者，就确定多品牌的发展战略。在向多品牌发展过程中，强化品牌创建的独立性，即建立一个品牌创业团队，这个团队专为某特定的消费群体设计服装。集团公司则为他们提供资本、检测中心、信息化、品牌管理等一系列保障服务。

同时，每个品牌创业团队就是一家公司，设计师设计完全市场化，设计师的收入与设计服饰销售业绩挂钩。在创品牌过程中，注重品牌形象提升与品牌个性的塑造。

2005年，唐狮销售服装突破1500万件，一举成为宁波服装业销售件数最大的企业，并迅速晋升国内休闲服第一梯队。

2005年6月，"唐狮"又斥巨资选择与唐狮现阶段品牌形象需求高度契合的更具时尚、才气与内涵的华纳歌手"飞儿乐团"作为代言人。"博洋"家纺以香港影视明星赵雅芝为形象代言人。

几年来，博洋各个品牌通过创业团队创造，服饰方面已从唐狮发展到艾夫斯、德玛纳、华尔思丹、涉趣、33layer（33层）等品牌；家纺品牌从"博洋"扩展到棉朵、艾维、喜布诺。不同层次需求的消费群体均能找到各自喜欢的家纺与服饰品牌。

事实证明，博洋这种多品牌体系十分适合市场的需要。"因为市场已高度细分，每一个品牌都有相对独立的市场定位，都能够找到属于自己的一席之地。"熟悉博洋的人都会有这样的感觉。

这家看起来不起眼的企业，却有着十分大气、宽松的创业工作环境。甚至可以说博洋的品牌创新计划得以成功，完全得益于这种创业环境。

从2002年开始，博洋集团实施500万元创5个品牌的计划。每个职业经理人利用集团资源，以500万元起家，相对独立地运营自身品牌。在这5个品牌中，有3个成为销售上亿的大品牌。用戎巨川的话说，这一结果大大出乎自己的意料。

当时认为有一个成功就不错了，现在看来这种相对独立宽松的环境，给了品牌经营更多的机会。令人难以置信的是，这其中，博洋没有从外面引进一个人才，这些品牌经理，完全是从原有企业内部成长起来的。

2006年伊始，博洋又开始新的品牌创新计划。在宁波服装业中，率先以自身品牌到国际大都市开设店铺，要与国际品牌一争天下。

集团也以此为契机，全面提升所有服饰品牌的形象和内涵，从面料、设计、款式以及销售管理、店铺设置等全面纳入国际化秩序式管理。

在传统百货业客流量越来越显得难以为继之时，博洋集团利用自己的产业和品牌经营优势，适时加入，开始了又一轮新的商业创新拓展规划。

从2004年底开始，在不到一年时间里，集团斥资数亿元并购、新建3家上万平方米的大型百货商业，分别是面积两万平方米的宁波新江厦商城、面积1.6万平方米的余姚长发商厦、面积一万平方米的南昌博洋商厦。

"做几万平方米的商场，对我们来说并不是新课题，我们自身一直经营着数百家家纺、纺织旗舰店，拥有2000多家专卖店，分布在全国各地，营业面积加起来达20多万平方米。"戎巨川对此充满信心。

戎巨川认为当前商业存在两种极端，一是大型超市和专业连锁商场蒸蒸日上，开始出现过度竞争，二是传统百货业逐渐衰弱。究其原因，就在于传统百货业的经营模式出了问题。

据介绍，博洋正实施一个名为"品牌商业模式"计划，用于整合和改造传统百货业。按照计划，博洋收购、整合或新建的每一个大型商场，都成为一个个性化的品牌商场，强调差异化经营。根据每个商场所在城市的特点和需求，设立独立品牌，而不会因为其隶属博洋而做类似的连锁商业。

戎巨川说："博洋会按照不同城市的发展水平、不同地区的消费水平和风俗习惯，推出不同业态的百货商场。"

博洋集团投资公司总经理表示，到 2006 年，除已经开业的 3 家大型百货商场外，即将开业及正在洽谈中的还有四五家。预计 3 年内博洋会成为拥有 10 家以上大型百货商场，10 年内达到 50 家以上的大型百货企业集团。

博洋计划通过这些商业终端，使自己的纺织、服饰品牌在全国的销量 3 年内翻一番，5 年内翻两番，10 年内翻 4 番，使整个商业板块销售收入达 100 亿元以上。

10 年前，博洋集团成为国内第一家家纺产品大举进入国内市场的企业，并带动整个行业蓬勃发展。5 年前，博洋又以服饰休闲化、多品牌战略，带动宁波服装业的第三次腾飞。

而这次博洋创新传统百货业，也为宁波经济注入新的活力，给宁波产品带来更多的市场和竞争力，也给自身带来更大的拓展空间。

张红瑞成为创新先锋

2006年1月，济南钢铁总公司50万元重奖"青年科技创新能手"张红瑞。这在济南钢铁总公司，乃至全国冶金行业引起了很大震动。

张红瑞是济南钢铁总公司自动化部工程师。15年来，他在自动化控制编程领域里，默默耕耘，攻克了数不清的技术难关，让无数个生产岗位摆脱了人工操作，实现了智能控制，提高了生产运行的质量、效率和安全性，降低了工人劳动强度，改善了工作环境。

尤其在济钢发展循环经济方面，他的成果又有新的延伸和发展，对于解决企业节能降耗与产量提高之间的矛盾，增强企业核心竞争力，缓解国家资源能源紧张状况、保护环境、实现可持续发展具有重要意义。

1970年，张红瑞出生在陕西一个农民家庭，家中有6个兄弟姐妹。1990年，从吉林电专自动化仪表专业毕业后，张红瑞被分配到了济钢自动化部仪表车间。儿时关于贫穷的一切记忆，都已沉淀在他的心灵深处。他生怕因为自己的不努力而失去这份来之不易的工作。于是，张红瑞像热爱自己的生命一样，热爱自己的工作。

也就是在那时，连486电脑开关机都要别人教的张红瑞，敏锐地感觉到自动化控制下一步的发展趋势，必会由模拟全面转向数字，而数控技术的关键就在这些看似遥不可及的电脑上。

从 1990 年至 1995 年，张红瑞以初中中专的起点，完全靠自学拿到了计算机和英语两个专业的自学考试文凭，并熟练掌握了多种计算机编程语言，还用汇编语言编制了能自动清除多种计算机病毒的程序。

当张红瑞超越模拟，向数字程控迈进时，如何将简单的数字控制转换为全自动智能化控制系统的大胆设想跃入他的脑海。为此，他又参加了各种专业培训学习，熟练掌握了多种电力线上网控制器、集散系统、智能单回路控制器、智能测控仪表等的原理及使用。

为了把理论基础和实践相结合，在生产一线工作的日子里，无论是干放电缆的力气活儿，还是打眼、穿孔、安仪表的琐碎活儿，张红瑞都一丝不苟。

在长期的实践中，张红瑞积累了丰富的经验。因为对现场情况熟悉，对操作情况了解，所以，由他设计的控制程序最安全可靠，也最便于操作，深受岗位人员的欢迎。

1995 年，济钢小方坯自动控制改造工程，张红瑞第一次独立承担科研项目。

"鼓励创新，允许失败，宽容失误"，领导的信任给了张红瑞极大的鼓舞。

为了让工艺改造后更加符合一线工人操作，为一线职工营造更好的工作环境，更符合实际工作要求，张红

创新行动

瑞与一线炼钢工人共同生活，共同工作，深入了解一线工人的操作习惯和对工艺的改进要求。

他拜炼钢工人为师，仔细学习、熟悉工艺流程和设备功能、参数，然后结合公司对工艺的要求，展开自动控制程序开发。

在计算机还是 586 的时代，张红瑞第一次编写出了自己的控制程序，成功完成了济钢小方坯自动控制改造工程。

此后，张红瑞又先后参与编制了中板加热炉、中厚板加热炉的控制程序，完成了 3 号球团竖炉从上料、布料、排料到储运线的自动控制编程，使整条生产线实现了自动连锁运行。

在他的努力下，济钢所有生产线都从原始的人工操作实现了自动智能控制，改善了一线工人的工作环境，取得了巨大的经济效益，为济钢建设"国内一流、国际先进的板材精品基地"作出了突出贡献，张红瑞也因此被誉为济钢程控技术的"数字尖兵"。

一个个令人羡慕的成绩的取得，渐渐让张红瑞走出了"怕下岗丢掉饭碗"的"小我"，他开始主动、乐观地将自己的人生追求融入济钢的"大发展"中来，融入一个更高层面的追求上来。

2003 年，济钢从建设节约型社会的必要性和坚持实施循环经济，实现可持续发展的核心理念出发，与国外技术专家合力开始了燃气－蒸汽联合循环发电项目的研制开发。这是当时世界上第一套以低热值混合煤气为燃料成功运行的发电机组，也是济钢落实科学发展观，发展循环经济的标志性工程。

项目研发成功后，计划年发电量 9.9 亿千瓦时，可解决济钢总用电量的三分之一，每年可节省标准煤约 25 万吨，年减少煤气放散量 12.4 亿立方米，年外供电量 7.4 亿千瓦时，年可实现销售收入 3 亿多元。

在开发过程中，项目组遇到了混合燃气热值与压力的调节相互影响和由燃油启动燃机不能平稳控制的难题。

帮助建设的外国专家认为济钢无法自主破解这两大难题，张口要价百万美元出售这项技术！

如果花钱买外国的技术，价钱高不说，将来的维护等也将受制于人。济钢领导毅然决定自主开发。这一艰巨的任务落在了张红瑞肩上。

张红瑞说："那时不论是在上下班途中，还是躺在床上，满脑子全是各种数据、曲线。有时第二天 4 时了，脑间突然闪现一条控制思路，便马上爬起来，把它记录下来。"

经过近一年的试验、修改、再试验，张红瑞终于完成了煤气混合站的高精度控制这一技术难题的攻关任务，成功开发出了具有济钢自主知识产权的燃气混合智能模型控制系统。

这一技术成果为济钢节约引进开发费用 740 多万元，年创经济效益 1107 万元，在全国同行业中具有很大推广

创新行动

价值。

张红瑞对自己的成功经验列出一个公式：成功＝态度＋机遇＋勇气。

无论是对待工作还是对待人生，张红瑞始终坚信"态度决定一切"。他对工作的态度很简单，就是"把事情做好"。

"为了把事情做好，张红瑞没少撞树！"张红瑞的一个同事这样说。"撞树"是因为张红瑞走路的时候也在思考问题，常常忽视了前面的障碍物。

有一次在过铁路时，禁行横杆已经落下了，张红瑞还没有意识到，要不是身边同事及时拉住他，他也许会毫不察觉地和火车来一次"亲密接触"。

济钢工程中心二班班长李忠就曾目睹张红瑞骑着自行车往电线杆上撞。

在同事们眼里，张红瑞是"能人"。"干不了的活儿交给张红瑞"成了工友们的一句口头禅，而张红瑞也从不负众望，"没把一个活儿掉到地上"。

有一次，三炼钢的风机仪表出现了故障，时值冬天，在户外检修一阵就得跑回房间烤烤火。下晚班时，还没有修好。张红瑞对一起负责维修的工程中心一班班长王露说："你把工具留下先走吧。"后来王露才知道，张红瑞几乎熬了一个通宵才将故障彻底排除。

张红瑞不仅赢得了同事的赞扬，连外国专家也佩服得向他竖起了大拇指。

在济钢一项制氧机工程中，从瑞士进口的空压机出现故障，来济钢跟踪技术服务的外方专家怎么也调试不好。为了不耽误工程整体进度，总公司领导调来张红瑞，鼓励他大胆尝试。

面对资历颇深、技术全能的外国专家和成套的进口设备，张红瑞有点犹豫："连外国专家自己都搞不清楚的东西，我能行吗?"而现场的外国专家，也似乎没把眼前这位个子矮矮的"济钢工人"放在眼里，举手投足间流露出一种要看好戏的神情。

张红瑞决定放手一搏！他顺着工艺流程一个螺丝一个螺丝地检查，一个仪表一个仪表地测试，问题一项项被排除，张红瑞顺利完成了关键参数的调试任务，保证了制氧机的按期投产。

就这样，多年来，张红瑞废寝忘食地为工作忙碌着。他把对父母、妻儿的愧疚，默默化作对企业、对国家的一片赤诚，夜以继日地学习、工作、创新。他取得的一个又一个成就，成了他对家人最好的报答。

张红瑞是一个开朗的人，说话的时候脸上总保持着微笑，他始终抱着感恩的心态去工作，去学习，去生活。

憨厚的张红瑞坚持认为，命运很青睐自己，给了自己这么好的单位，这么好的同事，这么好的家庭，现在又给了自己这么高的荣誉。

张红瑞说，是济钢这个大家庭为他提供了如此优越的工作、学习环境，让他有的放矢，能够充分展示自己的才华，他自己的人生价值是在为公司开发研究系列软件程序的同时体现出来的。

张红瑞说，济钢公司鼓励创新，允许失败，宽容失误的政策，为员工放开手脚大胆创新创造了宽松的良好环境；公司领导对科技和创新的高度重视，鼓励、支持创新的卓识，更为自己提供了一个干事创业的良好氛围。

张红瑞说，15年来同事们对他的关心和帮助，是他生命中弥足珍贵的一笔财富。张红瑞将这份感激之情化作了工作的动力和对同事的真诚、友好。

他对自己所掌握的技术从不保守，并把多年积累的材料编制成软件，供同事们共享。班上哪位同事有问题，他都会放下手上的工作，先去帮助别人。近年来，由他带出的10多名新同志，如今都已成为业务上的骨干。

共青团济南市委书记张伟说：

张红瑞的事迹具有新时期济南青年鲜明的时代特征，集中体现着自强不息、知难而进、发愤图强、争创一流的创新精神；发展循环经济，建设节约型社会的强烈责任感；兢兢业业、任劳任怨、艰苦奋斗、忘我工作的敬业意识；甘于清贫、不计得失的奉献情怀。

自主创新成就汉王品牌

2009 年 5 月下旬，在第二届中、日、韩科技部长会上，中国科技部长向日本和韩国两国代表，分别赠送了一份"国礼"，全世界第一款可以手写的电纸书。

"汉王的创新宝库里每年都有很多宝贝推出来。"汉王科技有限公司董事长刘迎建说，可书写的电纸书不过是其技术创新的产品成果之一。

汉王公司的核心技术是识别技术，从手写识别开始，到印刷识别，再随着手写板技术发展，又做了手写绘画技术，同时还做了人脸识别、指纹识别……

刘迎建自信地说："在识别技术方面，汉王走在全世界的前头，包括微软在内的许多全球大公司都用我们的技术。汉王识别技术的每一步升级或突破，都会带来一系列创新产品。"

2002 年，汉王联机手写识别技术获国家科技进步一等奖，成了继联想、方正之后第三家获此殊荣的 IT 企业。此后，汉王又获"中国科学院首届杰出科技成就奖""中国企业管理特殊贡献奖""中关村科技园区成立 20 周年突出贡献奖"……

在刘迎建看来，汉王之所以能够走到今天技术创新领先者的地位，关键在于"创新并专注"。

创新行动

1985 年，刘迎建开发出联机手写汉字识别输入系统。

1993 年，公司成立的时候，刘迎建为自己的公司取名为"汉王"，意为"汉字识别之王"。这就为汉王的发展圈定了地盘，就是文字的录入识别。

刘迎建后来回忆，在汉王成立之前，中国尚未形成有气候的汉字手写识别产业。而汉王在成立 10 多年的时间内，将汉字手写识别从"第一"做到了"唯一"。

刘迎建认为，首先要确定好企业发展的主业，并专注于模式识别领域。这虽然会使汉王在某种程度上丧失占据主流市场的主动权，却能够让汉王一直专注的技术得以延续并不断完善。

在 20 世纪 90 年代，当以电脑、互联网为代表的数字化风暴席卷全球并入侵中国时，相当一部分中国人开始不适应电脑键盘录入方法，此刻，汉王手写识别技术的机会终于到来。

汉王笔解决了很多中国人电脑使用过程中键盘输入难的问题，特别是一些中老年人，通过汉王笔很容易地与电脑和互联网进行互动，让中国的信息化不再停留在"电脑专家"阶层，真正为全民上网作出了贡献。

汉王认为智能输入的下一个阶段就是汉字识别。汉王光学字符识别完全经历了技术到产品到应用的跨越后，真正成熟起来。光学字符识别产品文本王、证照识别系统、票据识别系统、车牌识别系统已经在政府、公安、金融等行业大显身手，而嵌入式光学字符识别技术也已应用于手机等产品，变得无处不在。

汉王科技的主打产品是随着汉王科技的发展而发展的，但始终专注在识别领域。

汉王科技最初是以手写识别起家，第二步扩展到汉字识别领域，增加了光学字符识别技术。第三步汉王科技走到模式识别阶段，研发出世界排名前列的指纹识别技术以及人脸识别等等。

第四步，汉王主业向智能输入方面扩张，例如汉王制造拥有两项国际专利的绘图板产品、汉王高速扫描机、智能监控等等输入设备。

在未来，汉王定位在人机智能交互领域，把机器翻译等等业务也纳入汉王的主业，突破民族语言的限制，将汉王发展成国际化企业。

汉王最值得骄傲的就是汉王拥有自主知识产权的手写识别技术和光学字符识别技术，当时这两项技术分别获得了国家科技进步一等奖和国家科技进步二等奖。

这两项技术也在不断创新。手写识别技术由最初只能识别工整的字体，到后来逐渐发展为可以识别连笔、潦草的字体；从最初只能识别汉字，到能够识别英文，再到现在泰文、韩文、意大利文等小语种文字的识别，手写识别突破了一个又一个技术关卡。光学字符识别技术的识别率也达到了后来的 99.8% 以上，并且可以进行多种字体混排识别及保持原版面。

为了保持这两项技术的知识产权，汉王通常将软件嵌入自家开发的产品，这被汉王称为"软硬结合"，也确实在一定程度上防止了别的企业的侵权。但是，仅仅这样还不能保证汉王的最大利润，因此汉王除了拓展产品在各行业的应用的同时，也在向其他行业授权。

后来，汉王已经拥有了100多项国家专利技术和软件著作权，是第一家技术授权给微软的中国软件公司，并与诺基亚、索爱、LG、联想等国内外知名企业开展了合作，汉王业已成为汉字识别领域的佼佼者、国内最大的文字识别技术与产品的提供商。

在汉王公司，已经形成了一种重视自主研发和创新的文化，这种文化使他们面对高手如云的全球竞争环境和一个接着一个的潮流旋涡时，能够产生一种强烈的深入旋涡的信心。正是这种信心，使汉王摆脱了种种困境，走出了一条自主研发道路。

拥有持续创新能力的汉王，已经凭借其世界领先的核心技术和不屈不挠的创新精神赢得了世人尊重的目光，以自主创新走向中国驰名商标之路。

本书主要参考资料

《中国企业创新案例》 熊钟琪主编 国防科技大学出版社

《企业科技创新管理》 姚福根主编 上海科学技术出版社

《追寻科技创新的足迹》 陈克宏 寿子琪主编 文汇出版社

《企业创新活力与路径》 陈畴镛 周青 王雷著 科学出版社

《企业创新研究》 郑佳明 曹监湘主编 新华出版社

《现代企业创新文化》 李仁武 高菊编著 中山大学出版社

《赢在创新》 檀明山著 团结出版社